深圳城诗

钟洁霞 著

海豚出版社
中国国际传播集团

图书在版编目（CIP）数据

深圳城诗 / 钟洁霞著 . -- 北京：海豚出版社，
2024.5
ISBN 978-7-5110-6881-1

Ⅰ.①深… Ⅱ.①钟… Ⅲ.①诗集－中国－当代
Ⅳ.①I227

中国国家版本馆CIP数据核字(2024)第083111号

深圳城诗

钟洁霞 著

出 版 人：王　磊

责任编辑：李文静
责任印制：于浩杰　蔡　丽
法律顾问：殷斌律师

出　　　版：海豚出版社
地　　　址：北京市海淀区车公庄西路甲19号　　邮　　编：100048
电　　　话：010-68325006（销售）　010-68996147（总编室）
传　　　真：010-68996147
印　　　刷：涿州市荣升新创印刷有限公司
经　　　销：全国新华书店及各大网络书店
开　　　本：32 开（889毫米×1194毫米）
印　　　张：8.25
字　　　数：198千
版　　　次：2024年5月第1版　2024年5月第1次印刷
标准书号：ISBN 978-7-5110-6881-1
定　　　价：45.00 元

目录

在这座神秘的"移民"城市，作者是位对深圳有着深厚感情的人，从她的诗篇中涌出对城市的热爱和责任。作者在南开大学读研期间便展示了崇高的道德水准、对知识的追求、对真理的探索和对大自然的喜爱。这些文字吸收了城市的人文营养，既有河流山川，又有城市街巷，最终通过诗歌结出果实。高速发展的深圳不缺乏创新，繁荣的背后更需要的是智慧、道德修养。作者的诗篇让我们拥抱智慧，拥抱深圳。

——赵雨清（南开大学教授，南开大学深圳研究院常务副院长）

很高兴也很意外地读到钟洁霞的诗集《深圳城诗》。深圳有几位作家诗人不约而同地以深圳地理特征作为写作素材或标志，大概是一个认知自觉和才情共识现象。这种文学的地理属性是一座城市给予诗人的 DNA，他们当中，钟洁霞无疑是最深情的一位，这本诗集也将写作者对一座城市的深情观照推向极致，是献给一座城市的情书。一个人与一块土地或一座城市的生命联结，如同一棵树、一只飞鸟与土地和天空的相互依存与互文。将具象的地理特征化作诗歌意象，不但需要别具慧眼的巧思，还要有丰满充沛的情感做依托，是一种击燧石取火的能力。诗中所写，无论自然人文还是生活日常，作为深圳人，我们似乎都曾经极为熟悉，走过，见过，触摸过，但浮躁和庸常令我们麻木，如擦肩而过的人和事，一切过目即忘，唯诗人发现其中的美好诗境、妙趣、文学意义和生命意义，如泥中取藕，蚌中取珠，在我们面前展现出别样且陌生的美与真，或浪漫忧思，或冷峻哲辩，或极目远眺，或心手抚触，无不情动于衷，细致入微，精准地捕捉到一草一木一地一景中所蕴含的诗美介质，表现了诗人超乎常人的美学敏感和情理交融的能力。我相信，这些诗作会令每一个生于斯长于斯的人产生情感共振，令从未来过深圳的人心生向往。可以说，这是深圳文学独特而珍贵的新收获。深圳是什么，诗人已经给出饱含情愫和富于诗美的答案。

——李松璋（诗人，艺术家）

　　竟然已经是很多年前了，我和洁霞在深圳市宝安区湖滨路31号工作的时光。用琼瑶式的语言来说，就是我们并排坐着，趴在桌上，从诗词歌赋谈到人生哲学。枯燥的时光里，严肃的体制内，有了我们两个跳脱的灵魂。工作之余，我也曾经写诗、开公众号，记录我们在深圳生活的点滴，我们喜爱奶茶和咖啡，并且时常分享一些小而美的奶茶店、咖啡店，洁霞戏称我为"奶茶诗人"。最难得的是，午后的时光，我们在后面的小区里散步、晒太阳，在忙碌的城市中寻找片刻的安宁。后来，洁霞离开了湖滨路，送别她的时候，我说我大概率会在这栋楼里退休吧。时光荏苒，再后来，我也离开了那栋楼。没想到，我们又相遇在另一处办公大楼里。从相遇到离别，再到重逢，我们已然从两个不谙世事的小姑娘、青年走入中年，而我也经历过人生的起起伏伏。幸运的是，我们依然可以时常碰面，洁霞依然在创作，她的文字依然充满灵性，希望她的文字也能给陌生的你带来惊喜。

——贺影（前同事，朋友）

　　《深圳城诗》是一部令人印象深刻的诗集，想象丰富，意象独特，在深圳的创作平台上构建了一座城市的文化复杂性和文学的多样性，以简驭繁，营造了无以媲美的诗歌意境。继社科人文作品《死生契阔，与子成悦：历代才子往事》和《隔着一生看你：林徽因的年代地图》之后，又看到《深圳城诗》的问世，作为与深圳一起成长起来的本土作家，钟洁霞的文学潜力令人期待。

　　　　　　——崔建明（深圳文化学者，前资深媒体人，主任记者）

唯有诗心在，世界究可恋

吴予敏

　　洁霞的这本诗文集，读来如读小令，晶莹玲珑而令人欣喜。虽然是以"深圳"为题，却是与我们惯常感受的那种快节奏、轻音乐的城市风格有很大不同的。她不是一味朝前的，而是不时回眸的；她不是一味朝上的，而是俯身向下的；她不是阔达四方的，而是执着一隅的。这一隅，总是在那心灵的最深处，柔软，纤细，是飘落在眉毛上的一片雪花，或是噙在眼眶里的一滴泪水。而青年诗人的诗眼却是透过这一滴泪水的遮幕，来凝视这座城市，她的山水、建筑、历史、民俗和当下生活。这本诗文集分为三辑，第一辑"深圳，城诗"，从东到西，从北到南，用诗歌串联起深圳的若干地点，质朴而灵动的诗情在城市空间流淌。第二辑"花儿，时光"，是诗人在这城市里生活的精神情感的悸动与刻痕。其中一首写道："云朵看似总在变换它的目的地／有时变成绚丽的晚霞，耀眼地燃烧——／有时变成了阴霾天气，似在风中哭过／有时成雨，滋润落叶"，这云朵既是心境，也是命运，一个脆弱而坚韧的生命在人世间生存、爱恋、憧憬和奋斗的意象。这里面有现代感的孤独，也有后现代的陌生，更多的却是穿越到传统的那种真诚和执着。时光的璀璨伴随着它的酷烈，这只有生命之花才能切实地感受。透过语言，深入肌肤，钻入心灵的啮噬般的诗歌，由此而发生动人心弦的节律。第三辑"故乡，故事"，是作者选录的散文和小说。在内容上可以作为前两辑诗歌创作的背景来读，从中我们也可以看到这位青年作者驾驭不同文体的才能。

通常我们阅读一个城市是以散文的方式，或者惊鸿一瞥，或者走马观花，或者徜徉吟哦。城市的复杂多面，给人们带来的是五味杂陈的感受。即便是如深圳这样奇迹般崛起的新城，废墟故事还埋藏得不那么深厚，但也有她的悲欢离合，如用泪水和汗水浇灌出来的鲜花。世人惊叹于这鲜花花瓣上晶莹的朝露，诗人却可能辨认出这是昨夜的残雨。诗心是独特的心灵的悸动，"独有诗心在，时时一自哦"，诗人和人们同样生活在城市里，或许在咖啡馆的一角坐着，或许在沙滩上漫步，而她的心却在内里勃勃地跳动着，改变了她看世界的方式和角度。读诗如读心，读者或许也可以通过洁霞诗文集的这些文字，暂时放缓匆匆的步履，体会一下全然不同于日常的那种生命体验。由此也可以相信，唯有诗心在，世界究可恋。

（吴予敏，深圳大学教授，博士生导师，原文学院院长，原传播学院院长）

第一辑

深圳，城诗

走过的路，看过的风景，
听过的故事，写给深圳。

南澳河

南澳河是一条具有滨海风情的景观河，全长约2公里，贯穿整个南澳墟镇，沿河有栈道与碧道，河道历经数次治理。

南澳河是个坦率的孩子，

总在台风来临的日子，

将故事向海里倾泻而去。

但总有一些名字和记忆，被沉在河床里。

南澳河是个沉默的老人，

它曾经静静流淌，沿河荒无人烟

直到候鸟到来，百兽到来，

而后开荒的人到来。

南澳河，人声鼎沸，处处烟火。

人们牵着马匹从岸边走过，晴日赶集，雨天织网。

南澳河，水草婀娜，缠绕着渔歌。

船只从河道里启航，驶向陌生的海域。

它的存在并非从有名字开始，

却因有名字而变得具体。

如今的南澳河，是一条纯粹的河流。

在街区之间无言流淌。

它见证着海变成了山，山变成了田。

田埂的青草，被混凝土和沥青覆盖。

历代人们照过的一轮明月，

悄悄映入霓虹色的月亮湾。

它不再年轻，也不再老去。

龙岩古寺

大鹏名刹龙岩古寺位于大鹏观音山公园内。该寺最早建于清朝同治年间，倚岩而筑，寺前有一眼百年不歇的泉水，当地人称之为仙泉。

当村民们第一次饮用

石缝中的甘露，

山上还没有神仙。

他们跪在岩石下，

虔诚地

请来心中的神祇。

先有庙宇，后有神仙。

待庙修好了，

他们说，救苦救难的观音大士，

已经从天而降。

在粗粝的岩石上，

生出慈悲的莲座，

那朵摇曳的花朵，

涤荡人世间的尘土：

保佑百姓出海平安吧，保佑发财，

以及新婚的男女早生贵子……

人们的愿望代代相似。

没有人见到神仙的降临，

也许她总是在午夜悄然到来：

纤纤玉指，洒出甘露；

只见她轻启朱唇，

在香火中啜饮，

一杯岩泉之水冲泡的清咖啡。

王母河

王母河发源于大鹏街道叠福山，流经王母、下沙、大鹏、布新、水头，在水头龙岐村附近汇入大海。

在某次长途或短途旅行中，
西王母娘娘诸多头簪的一支，
滑落在叠福山头上，
于是地上多了一条河流！
这里也如瑶池一般
林木葱茏，四季如春。
只是海风吹来时，
那些被渔人遗忘的歌声，
总会缓缓飘落在河面上。

波光闪烁。

剪影出美丽的女子，
她们赶海归来，衣袂带风。
太阳把她们的脸庞晒得通红。
河流又把她们的双足洗得发白。
那位天上的美丽娘娘啊，
正在寻找她的头簪。
地上的姑娘们啊，
正要披着星月劳作。
天上有长生不老的秘密，
人间有流淌不息的河流。

杨梅坑

杨梅坑位于深圳南澳，是一个美丽的海滨溪谷，在七娘山脉与老虎坐山之前，南澳东北面。旁有一片长满了杨梅的山丘，丘下村庄名为"杨梅坑村"。

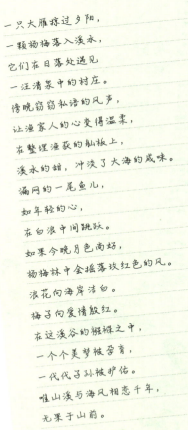

一只大雁掠过夕阳，
一颗杨梅落入溪水，
它们在日落处遇见
一汪清泉中的村庄。
傍晚窃窃私语的风声，
让渔家人的心变得温柔，
在整理渔获的舢板上，
溪水的甜，冲淡了大海的咸味。
漏网的一尾鱼儿，
如年轻的心，
在白浪中间跳跃。
如果今晚月色尚好，
杨梅林中会摇落玫红色的风。
浪花向海岸洁白。
梅子向爱情殷红。
在这溪谷的襁褓之中，
一个个美梦被孕育，
一代代子孙被护佑。
唯山溪与海风相恋千年，
无果于山前。

大鹏所城

大鹏所城是一座明清海防军事城堡，其全称为"大鹏守御千户所城"，始建于明洪武二十七年（1394年），隶属南海卫，现深圳大鹏街道内。

城中有着一千户人家，
便有了他们的软肋：
有时候是娇美的妻子，
有时候是啼哭的小儿，
家中的水缸或粮仓，
祖父母橱柜的某件珍藏。
黎明时打鸣的公鸡，
被匆匆响起的战鼓惊飞，
有那么一瞬间，海边的潮水，
夹杂着倭匪的刀剑声。
云鬓高耸的将军夫人，
远远看着城墙下的队列。
进城的是百姓。
出城的是将士。

总有人要流血牺牲，
将军却总是能按期归来。
像城墙上的旗子，
不能随意摘下。
而如今，城门不在了，
路过昨日的城墙的，
不再是昨日的子民。
那一位不曾在战场上死去的将军，
或者还在，某个角落看黄昏：
远去的海岸线与新立的灯塔，
大概他也已对前尘遗忘。
只有风声猎猎，
似乎尝试吹响墙边的号角。

大鹏山歌

大鹏山歌是深圳渔民的方言山歌，它吸收、融合了渔歌、咸水歌及客家山歌等音乐元素，最早起源于明清时期，主要流传于深圳市大鹏和南澳一带。

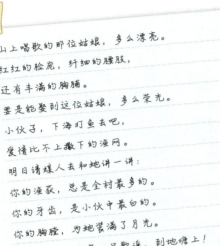

山上唱歌的那位姑娘，多么漂亮。

红红的脸庞，纤细的腰胶，

还有丰满的胸脯。

要是能娶到这位姑娘，多么荣光。

小伙子，下海打鱼去吧，

爱情比不上撒下的渔网。

明日请媒人去和她讲一讲：

你的渔获，总是全村最多的。

你的牙齿，是小伙中最白的。

你的胸膛，为她装满了月光。

如果你要为她唱一只歌谣，到地塘上！

那里晾晒着你刚刚秋收的稻粱！

请聆听，小鸟对溪水的私语。

请聆听，稻田之间的海风声。

请相信她不是爱慕虚荣的姑娘。

她的目光在轻悠悠的白云之上，

温柔注视着海上的渔船。

她总是在默念，船儿不要去得太远，太远。

我的新郎。

山上唱歌的那位姑娘，多么漂亮。

红红的脸庞，纤细的腰胶，

还有丰满的胸脯。如果你爱上她，

你可不要再去远方。

较场尾

较场尾是深圳海岸边的一个小村子，
原为明清时期海防官兵的练兵之地。

沙场是虚拟的战场，

模拟，一场事关生死的游戏。

那些时候，在海滩之上，

官兵们模拟着战斗与杀戮，

他们的妇人，

在不远处给他们做着午饭。

以及洗刷沾上泥土的战袍。

战争并非君子约定，

总是不期而至，

总有一些火把，

作为妇孺撤离的预告。

也总有一些哭声，

埋没在四起的狼烟。

较场尾，远去的沙场，

海浪无痕，

留下的种种传说，

因遥远而不再让人惶恐。

而如今游人蜂拥而至，

只是为了慵懒松散的海滩，

或烛光下的海边晚餐。

今夜我们举起酒杯，

如那一夜，他们举起酒杯。

南澳舞草龙

南澳舞草龙又称"舞火龙",是南澳蛋家渔民每年农历正月初二举行的祭拜妈祖过年的习俗之一。

点燃这稻草编织的巨龙,

敲锣打鼓,

跳舞前进,

一阵阵的火光点亮沿途。

儿童,妇人,男人,

都在草龙之中起舞。

妈祖端坐在庙中,

脸色红润,

她在这一夜来到人间,

变成某户人家的祖母。

她不穿锦衣,

只爱蓝色的棉布,

她微笑起来慈眉善目,

点起灯笼,细声祷告:

风调雨顺,世代平安。

今年和去年一样丰收。

今天和昨天一样幸福。

将军宴

大鹏将军宴是大鹏的一种饮食文化习俗，起源于清道光年间（1821–1850年）福建水师提督刘起龙将军的庆功家宴。今在大鹏街道的古城南门街内，刘起龙将军府第仍保存完好。

在屋顶上俯拍着
一张张风景照。
房子的中间，是一个摄像头。
像将军明亮有神的眼睛，威武地
日夜注视着这座古宅。
日光斑驳，古树荫蔽。
忽然有人说，将军来了——
厨娘端出了海胆粽子、鱼虾和米饭，
流水桌前人声鼎沸起来，
将军用筷子夹起来第一块肉。
他今天没有穿着铠甲，
而是短裤和拖鞋，
还有一件白色的背心，
恰到好处地露出他
常年健身的古铜色肌肉，
还有腰间那一串长长的钥匙。
人们说，将军家在城中有
一千零一间出租屋。
有人恭维着早些天的战功。
将军不语，只笑问我们：
今晚餐食可好，
阁下喝红酒还是威士忌？

大鹏半岛国家地质公园

大鹏半岛国家地质公园在大鹏半岛中南部，拥有中生代火山地质遗迹和海岸景观。

在地质公园里漫步，
时间距离我们如此近。
在悬崖之上，
始祖鸟曾张开羽翼
飞向侏罗纪的天空。
连绵起伏的丘陵之上，
白垩纪的植物已变为化石。
在那些抽象的花草丛中，
恐龙们曾栖身其中，弱肉强食。
在这里，地球是古老的。
一亿多年前喷发的火山，
已经沉入了海水之下；
曾铺满大地的熔浆，
被海浪打磨成细沙，
轻轻洒落在我们脚边。
幽深的海峡之中，
隐藏着珊瑚礁石——
它们的存在，远比我们古老。
时间雕刻出一切，如今还在
模糊着陆地与海洋的界限。
在这条长长的海岸线上，
我们看着彼此，
仿佛第一次来到陌生的星球。

宝民一路的街树

宝民一路是深圳市宝安区的一条道路。该道路尽头，即新安街道宝民社区入口处，长有一棵树龄超过300年的大榕树，枝叶蔓延面积一度达到约200平方米。

宝民路长满了大榕树。

当我行走，树与我皆为行人。

或者我前进，或者它们后退。

我们的命运，在不同的世界交错。

树之间静默不语，但并非孤傲冷清，

它们的根在地下盘错多年、难分难舍。

如果宝民一路的树会说话，

它会对我说什么呢。

榕树是长寿的，

它们的生命或许有几百年，上千年。

宝民路口那一棵，是它们当中的长者，

已在此地扎根三百年。

三百年前种下树的人已经不在了。

许许多多树下玩耍的人已经老了。

老榕树却还活着。

宝民路的土地，

盘踞着老榕树的须根，

树荫下有它们的私语。

春天，它们按时长叶子。

秋天，它们会摇落一些。

正是它们让道路有了记忆。

许多城市无名的行人，

在树的心里都有一个称呼。

我也知道，它们早就认识我。

石岩湖湿地公园

石岩湿地公园位于石岩湖东南面，由湖边天然湿地改造而来，园内有24座水系桥，2公里禾雀花长廊。

这里原是一片荒野，
蒹葭萋萋，逐水而生，
陌上有几株凤凰花，
那年或许开过。
可惜没有被我们看见。

从前浑浊的流水，
也不复存在，
它们被机械清洗过滤。
和新长的野草一般青绿。
但水中没有游鱼。

一条条小桥，跨过流水，
禾雀花丛存在于人们的记忆，
一个公园的出现与存在
总是顺其自然。
仿佛一直如此。

那年的我在这里遇见你。
曾想何时才能与你赏花而行。
而今天，一个许多年以后的午后。
望着湖水那边的山峰，
才想起那已是遥不可及的梦境。

"湾区之光"摩天轮

"湾区之光"摩天轮位于宝安区华侨城欢乐港湾内,是一座鱼鳍状异形回转式大轿厢摩天轮。

在灯火通明的夜晚,
海岸线才为我们所见。
它像一串长长的发光的项链,
但是没有装饰在美人鱼的脖子,
只寂寥地伸展在对面的大桥上,
它们划分着海与天的距离。

站在廊桥上的我们
行走在另一侧的陆地。
他们说摩天轮是城市的眼睛。
这眼睛只有一只,
这眼泪只有一滴。

当我的视线被摇曳的灯盏晃荡,
眼前的海岸线忽然变得更长。
一线之间往往是天涯。
像那巨大轮扣之上的人,
曾无数次相遇而不会再重逢。

自由路的晚餐

宝安区自由路南起海富社区，北至翻身社区，全长约只有 1 公里，有各种餐馆 40 多家，还有数百米的路边美食小摊，这里是众多新老宝安人心中的"美食街"。

翻身路向南走便是自由路。

自由路只是一条普通的小路。

但它并不自由。

这里有被禁锢在水泥路的老榕树，

沿途街上布满建材店，

还有街灯下的晚餐。

这一切看似会倏忽消失。

不知何时起，一面面墙上写满了"拆"字，

油漆工们和水暖店的老板也变老了。

小饭馆的老板娘从女孩变成了母亲。

但自由路总是充满烟火气和活力。

在这里的人们举止略显粗鲁。

他们在露天的餐桌上大声说话，

总有人在每一个晚上喝啤酒，

他们吃肉聊天说起不着边的话，

仿佛生活从来都那么欢畅。

就像脆皮五花肉每天都新鲜出炉。

他们的晚餐加酱油加醋加辣椒。

他们会点上一根接一根的烟。

即使是在结账离开的时候。

仍然不忘在老板身旁再抽一支烟。

而老板一脸淡定，似附近小庙里的菩萨——

终日烟火萦绕后依旧慈眉善目。

宝安的下雨天

深圳宝安每年的汛期从 4 月持续到 9 月，其间一般天气炎热，偶有台风过境。

在宝安的一天
往往就这样结束了。
在花园淋了某一场小雨。
在窗边吹浅灰色的海风。

山那边的海岸线很浅，
几株红树
拴住了的红日，水波不兴。
岸边的人们耐心等着，
归航的飞机爬过云彩。

刚开通的地铁口种上了树
它们匆匆喝下这个夏天
第一口微凉的雨水，并不解渴，
雨被酿了几小时，
更似微醺的酒水。

宝安意兴太浅，又叹南山太远，
地下的轨道像打通了的密室。
可我没钻进那隧道，
也许是我缺一把雨伞。

这一天的我没和谁说过话，但算起来
也能变成信上的一千字。
在没有邮差的年代，
在雨天曾说过的话，总是容易被我忘了。

日落咖啡馆

日落咖啡馆是开在深圳市宝安公园旁边的一家法式咖啡馆。

日落咖啡馆开在公园旁，
绿树替它阻挡着阳光。
那天我和你坐在这里，
在挂着风景画的墙边的花瓶旁。
我们点了拿铁，气泡水和法式布蕾。
在咖啡馆里总有甜蜜的错觉。
咖啡师在打奶泡，
她将细心勾勒出花朵。
有人点了一杯鸡尾酒。
有一段钢琴声响起来。
墙角有恋人窃窃私语，
他们可能才刚相识不久。
我们在这里度过黄昏，
却没有看到日落。
那也许为一种隐喻。
翻阅书籍且忘记时间。
在我们喝下的咖啡里，
爱情和泡沫那样脆弱，
遗忘和落日那样温柔。

翻身路天桥

深圳市宝安区翻身路的一座人行天桥。宝安区翻身路始建于1949年，从前是一片人烟稀少的海滩，现在是一处交通便利、烟火气息浓厚的宜居社区。

在这座四季常青的城市，
每一座桥上都如同这座桥，
盛放着一模一样的勒杜鹃，
有时候开放在黎明，
有时在黄昏的阴影。
在翻身路的天桥，
我走得很慢，
特别是秋天。
天桥上的人是陌生的，
匆匆的身影穿梭来往。
我们或时常打照面，
但更多的脚步，如此匆忙。
或有和我命中相遇的那个人，
却来不及在此相视而笑。

只因每个人的脚下
都有一条看不见的河流。
引导着我们匆匆向前走。
彼此的足音如落叶簌簌作响，
那些叶子呵，
一旦落入天桥下那些
早就干涸的河流，
就会随车灯飘向未知的远方。
只有在深夜里，
桥下的河流才变得缓慢，
从沥青马路上慢慢地淌，
流入昨日荒芜的海滩。

流塘村

流塘村位于深圳宝安西乡街道中心腹地，是一座典型城中村，居住着很多外来打工者。村口有座北帝庙，只有两间平房大小，供奉北帝（道教神仙中的尊神），常年香火旺盛。

北帝庙前飘散的炉烬，
像极了远方纷飞的雪，
榕树盘错在村口，
是这里最寻常的景物。
这是一座不缺雨水的村庄，
西乡河总在秋季上涨。
在高楼之中，
村落矮小。
在沥青之下，
田野消失。
爱情和行李一样频繁穿梭。
从一座楼向另一座楼迁移。
年轻情侣在此握手又分离。
这里像极了许多人的家乡，
街上的餐馆口味天南地北。

这里也不像任何人的家乡，
人们像候鸟一样，
只停留一个或两个冬天。
村口有家咖啡店，
村尾有几间小酒馆。
情怀不断缩短的海岸线；
在流塘村，
我们很少失眠，
或者喝醉。
它们的墙皮依旧潮湿。
多了呼啸而过的地铁，
自远方带来的雪花，
飘落在去年房客肩上，
空出的旧房子，
很快住进了新的故事。

西乡河

深圳市宝安区西乡河，河长约18公里，自北向南贯穿西乡铁岗片区、西乡中心区和碧海片区，最终汇入珠江口大铲湾。

彩的灯照着西乡河两岸，

一个穿白背心的男人坐在桥头；

不要问他来自哪颗星星，

让他静静地看着河水乘一点凉风！

河水，河水，在水泥河道里流淌着，

哗哗，啦啦，那是人们想象的回响。

真正的西乡河是静止的，

它凝固在漆黑的一团影子里。

看那福建沙县小吃铺子，

进出着日落而归的人群，

人们大声说话，然而你什么也不会听到，

一条漆黑的河流吸收了他们的声音。

呜呜，啦啦，那是我们在对岸的叫喊！

夜色把这一切都淹没了，丰满的女人，瘦削的男人，

交集在异乡街头的口音，

路边的小铺里，

一台麻将停房了她与他的心。

哗哗，啦啦，骨牌与骨牌碰撞出声音。

他们用烟圈吐出一个又一个夏天。

在寻常的巷陌，在铁皮房外的树荫，
一个又一个夏天挨着走过去！
黑色的河流，
流淌在水泥的河道里，
凉风吹拂桥上的男人，
却依然那样惬意，
如果西乡河里有鱼儿。
他像是最自在那一尾，
一阵风，两阵风，
都是为了这样的自在而来，
一滴雨，两滴雨，
异乡的人容易度过短短一生。
在夕阳西沉的那一瞬；
我竟也沉醉在他的一生。

阳台山

阳台山横跨宝安区的石岩、龙华区的大浪和南山区的西丽三个街道。在本地，阳台山也被写作"羊台山""羊蹄山""羊笛山"。

一座山已经在在了多久，
山脚下的人并不关心。
山峰存在的意义，
或者是等待小鸟飞来。
习惯沉默的山坳，
也会沉迷于歌声。
只要有人编撰它的传说，
神仙就会出现，
百鸟便会飞来。
仿佛每座山都如此：
总要留下一些故事或意义。
阳台山上的风，
我以为走近了它，
它却一直像个陌生人。

宝安国际机场

深圳宝安国际机场前身是深圳黄田国际机场，最早在 1991 年 10 月正式通航。

这是童话中的天空之城：
连屋顶都镶嵌着钻石。
阳光跳跃在玻璃窗，
每一架飞机都神采奕奕，
等待着一次长空之旅。
天空变成了马路，
魔法变出了云朵。
从深圳机场出发，
我们跨过换日线，
到世界上最炎热的季节，
到地球上最适合探险的角落。
即便是古代最有想象力的帝王，
也无法成为天空的客人，
但你和你的孩子们却可以。

西湾红树林公园

深圳宝安西湾红树林湿地公园位于金湾大道与西海堤交汇处，是一座融合岭南风格和滨海元素的海边公园。

如果航班晚点，
落日时分将不见你。
在这浅浅的海岸，
等待夕阳将你带来。
海浪阵阵，冲刷红树。
石缝中有小海蟹游走。
飞鸟惊动了思念，
我想到你的脸庞。
要不，你也带我一起飞行吧。
生命如此短暂不堪，
我们不应该再浪费时间。
就像红树林里纠缠的树枝，
我的手臂只想紧紧拥抱你。
在海上，变成鲸鱼小岛；
在天空，变成航迹云；
或变作雪化，飘落在海面上。
让我们沉睡在这里，听着渔歌老去。

乌石岩寺

宝安区石岩街道有一块天外陨石和一处山洞，洞内置一玉观音，中央有大石座，供奉者燃放鞭炮掷其上，呈褐黑色，谓之观音显灵，故得名乌石岩寺。

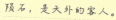

陨石，是天外的客人。

一块乌石飞来的历程，

超出了人类的时间综合。

唯有佛经能

阐明三千个世界，

讲生与死的因果，

讲人世间的离合，

还有那远去的热闹墟集。

乌石岩寺承载了许多岁月。

石洞中的观音菩萨，

庇护了许多百姓。

我曾走进许多人声鼎沸的寺庙，

却不能忘记，

这一个被烟火熏黑的幽深洞穴。

也许在我心里，

虔诚地信奉着一个传说：

一块来自天外的陨石，

仍在庇佑着——

尘世的你和我。

宝安区图书馆

宝安区图书馆始建于1983年，前身是"宝安县图书馆"，原位于宝安区新安二路72号，建成时周围仍存田埂泥路。2013年年底，宝安区图书馆新馆在宝安中心区的中央绿轴落成。

那年，

蟋蟀还在田野里唱歌，

星星目送归家的农人。

一片稻田中央，

魔法般出现了一座房子。

宝安图书馆，

是在田埂之上建起的灯塔。

从此，稻花香有书香，

书香里开满稻花。

多少年后，

土地上长出了越来越多的房子。

萤火虫不见了，

种田的人变老了，

他们的孩子西装革履，

走进写字楼。

在混凝土与高楼之间，

在水那方，

又奇迹地出现了一座房子。

那年的稻花香，悄悄

飘进了书架上。

那或许是我们最后的稻田。

宝安中心地铁站

宝安中心站是深圳市内地铁车站名。

此刻地铁就从身下穿梭而过，

列车运行在幽暗的轨道，

像城市的传送带。

那些相识或似曾相识的人，

在毫无觉察的时刻来到又匆匆离开。

我坐在上班的格子间里，

听着城市中沙沙的噪音，

那是地铁或汽车疾驰而过，

这阵风声，四季不变。

再见，如果指的是相识或重逢时的问候，

那么在宝安中心地铁站，

我们第一次相识。

也是在这里，我们无数次再见，

却难以再次遇见。

027

永兴桥

永兴桥是位于宝安区新桥街道的花岗岩桥梁，最早为清朝康熙年间监生曾桥川建，现已被当地改造为旅游景点。

走过这座桥，

就是清平墟，

珠江河口的流水声，

如来往的人群一般喧哗。

人们喜欢在傍晚，

穿着花枝招展的衣裳，

到永兴桥上撑一把油纸伞，

哪怕天空并没有小雨，

哪怕这里离江南很遥远。

历史是被修葺一新的桥梁，

那些往日发生的爱情，

也许只是眼波流转的一瞬，

却成了凄美的故事。

远去的码头，残缺的炮楼，

它们并不记录人间悲欢。

讲故事的，都是活着的人们。

或者有人在河岸走了三百年，

还没走到桥边

接上自己美丽的新娘。

绿房子咖啡馆

位于深圳市宝安区前进二路的一间小众咖啡馆。

爬山虎需要一段时间生长，
将咖啡馆的屋檐爬满，
那些深绿，将与马路隔绝，
成为这座花园的篱笆。
在花园中间端起一杯
被精心制作的焦糖玛奇朵，
有一朵陌生的花，开在
熟悉的午后。
我才想起来，
是一场突如其来的暴雨，
把我困在这里，
就像曾经写给你的信，
留在了幽深的小路上。

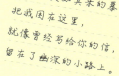

立新湖

立新湖，原福永水库，坐落在宝安区福海街道中心区域，与碧波万顷的珠江口毗邻。

月季盛开之后，
它变成了浪漫的庄园。
盛装打扮的女孩前来拍照，
她们在花枝面前踮脚、侧身，
力求身后显得空旷无人，
假装没有身处在最拥挤的人群。

在湖的那端，
野草也在跃跃欲试，
试图吸引谁的到来。

蝴蝶是不会飞那么远的，
只有几只不知疲惫的水蜘蛛，
在芦苇丛里编织着细细的网。

被黏住的小昆虫，
懊恼着为什么贪图
看似寂寞的美丽——
其实是残酷的陷阱。

立新湖畔的紫荆花，
已经在这里生长了十多年，
它对昆虫们的悔恨，
早已经见怪不怪。

素白陈公祠

素白陈公祠位于燕罗街道燕川社区。

萤火虫在稻草之间起舞，

秋后的田野，

散发着野火燎过的气息。

祠堂静默的灯笼

看着穿着粗布衫的年轻人们

一个个走进天井，

在椅子上坐下来。

秋收后，下了一场雨，

说起地主家的枪支，

和受伤的同志，

他们没有沉默不言。

说起未来的打算，

未来，一切都向着光明。

那年，素白陈公祠的灯笼，

将微光洒在青年们的脸庞上，

在他们身后，

寥落的寒星，

点亮了一片黑暗的夜空。

凤凰山

　　凤凰山森林公园位于深圳市宝安区西南部的福永街道凤凰村，在清朝被列为新安八景之一。山顶有凤岩古庙，是为纪念文天祥所建。

凤凰是否曾经来过这里，
已经变成了一个传说。
这座山中的故事，
在很久之前就变得神秘。
神仙被人间挽留，
英雄被烟火熏染，
历史在浮萍之间打转。
凤凰留下的洞穴，
有麻雀与众鸟共同繁衍生息。
在历史的信仰之中，
美德高于权贵，
勇气大于灾难。
凤凰山头，叹零丁，
他既忠于他的皇帝，
更忠于他的信仰。

文山湖

　　深圳大学校园中心的人工湖，分为上文山湖和下文山湖。上文山湖位于东面，靠近深圳大学南图书馆与深圳大学杜鹃山，西面是下文山湖。

你不是别的湖泊，

你的名字来自千年前，

虽然你仍年轻。

你是文山湖，学子们心中的梦境。

在多少次的朝露和晚风中穿梭来回。

你是伫立在那里的师长，

殷切的目光一如既往：

无论你来自何方，现在去了何处，

在这荔枝园里总有你的故乡。

那是青春留下的璀璨光芒，

那些曾闪耀的眼眸，飞扬的梦想，

仍然写在湖面的倒影之上，

在湖心亭中，初次相爱的恋人们

把心轻轻靠在你的肩膀上。

离开不是告别，是无尽期的相思。

文山湖，流水潺潺的时光，

还有人不断前往并且被它留在心上。

南头古城

南头古城，又称"新安故城"，始于晋代，曾
作为新安县治。

在最初的时候，
南头村是一个偏僻的小村落，
不仅有着肥沃的田野，
还有着耕田的水牛。
日升月落，春种秋收；
在寻常的节日里，
挂寻常的红灯笼。

后来这里变成了一座城，
一块块的石头垒成了城门。
村庄迅速膨胀起来，田野消失，
一些农民变成了守城的士兵，
另外一些变成了城里的居民。
市集上精美的商品多了起来，
沿街的商铺成了新的风景。

一座城的诞生，
最初往往是皇帝的一个命令。
青砖把街道铺满，
许许多多的脚步把它们磨得发亮，

杂草便无法再生长出来，

一座城的遗忘，

最后总是战火带来的混乱。

那些还没来得及收起来的碗筷

就那样被落在祠堂。

直到多年后，它们被重新洗干净，

放进博物馆的橱窗。

南头古城，曾经由村庄膨胀而来

又缩小成为村庄。

而如今，另一个精心营造的影子，

试图重现着往昔的繁荣世界。

城墙重新变得巍巍，

还没倒塌的小楼，重新修葺。每一块碎掉的青石砖，

缝补了起来，故事，诗歌，重新流传起来。

人们重新创造出一个古城，虽然那只是一个倒影。

是被重新打扮的小姑娘。然而，它终究重新成为自己。

只有远去的人们，

还尝试着回到村那一个小小的庄。

塘朗山

塘朗山属于鸡公山系位于广东省深圳市南山区东北部的山峰，自明清时期就有客家人迁移定居在这儿。

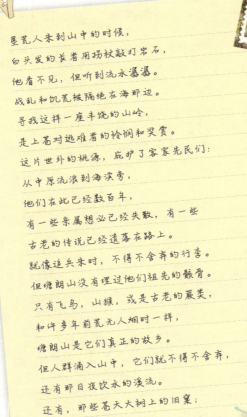

垦荒人来到山中的时候，
白头发的长者用拐杖敲打岩石，
他看不见，但听到流水潺潺。
战乱和饥荒被隔绝在海那边。
寻找这样一座丰饶的山岭，
是上苍对逃难者的怜悯和奖赏。
这片世外的桃源，庇护了客家先民们：
从中原流浪到海滨旁，
他们在此已经数百年，
有一些亲属想必已经失散，有一些
古老的传说已经遗落在路上。
就像追兵来时，不得不舍弃的行李。
但塘朗山没有埋过他们祖先的骸骨。
只有飞鸟，山猴，或是古老的蕨类，
和许多年前荒无人烟时一样，
塘朗山是它们真正的故乡。
但人群涌入山中，它们就不得不舍弃，
还有那日夜饮水的溪流。
还有，那些耸天大树上的旧巢；
那些荡漾过海风的老藤。
它们退到隐蔽的空间生存、生长。
直到无可退后。

大南山、小南山

大南山、小南山均位于深圳市南山区的蛇口半岛南端，原为同一座山体，后因城市规划，山中间修建了兴海大道，现分别为大南山公园与小南山公园里的山体。在两座山上可以俯瞰深圳南山区以及珠江口岸、香港元朗天水围一带城区。

夕阳西沉，暮色初起，
站在小南山上俯瞰，
山脚下舒展出
一张由灯光织就的画布：
流光溢彩的深圳。

小南山背靠着大南山，
又面朝着大海，
兴海大道拆散又组合了它们。
一切并不本来如此，
无非是炸石填海，人改变着桑田，
又割裂了同一座山。

这一片繁华之境，
我与你都身在其中，
或者是摩天大楼玻璃内的影子，
或者是车水马龙中的一盏尾灯，
或者是俯瞰别人的山顶。

如果山一直是山，盘桓下去，
那么海就一直是海，在远处听涛。
这座城市，是不断退后的海岸线，
是混凝土上写的诗句，
而我们已经无意中接受了脚下的陆地。

先民们在滩涂上的海田被掩埋，
在温暖的泥沙之下，
可能还有刚刚萌出的蚝苗。
码头之上停靠邮轮的位置，
可能曾有某只海豚到来并歌唱。

在深圳有不止一座被移走的山峦，
变成了已经安上了监控的小区铁门：
禁止鸟兽们再次进入
某一座山已经永远消失，
某一片海离我们越来越远，
只剩下目睹一切的夕阳，
日日如飞鸟坠入南山。

深圳湾

深圳湾，又称为后海湾，是香港和深圳市之间的一个海湾，香港元朗平原以西、深圳蛇口以东。

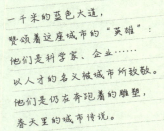

深圳湾的记忆是咸味的海水，
浪潮仍在澎湃，向着内陆，
它的水波总是温柔地泛起
金色的美丽鳞片。
这个秋天过徙的候鸟，
慢悠悠地在海石上梳理羽毛。

一千米的蓝色大道，
赞颂着这座城市的"英雄"：
他们是科学家、企业……
以人才的名义被城市所致敬。
他们是仍在奔跑着的雕塑，
春天里的城市传说。

而深圳湾的昨天是这一个传说的根子，
昨日海民们的艰险生涯，似乎已经远不可及；
如今他们已经无影无踪，
墙壁上的一个个"拆"字将小渔村抹去。
也许这是宿命，功勋总要磨灭平凡，
候鸟总要飞走，徒留深圳湾的风景。

白石洲

白石洲位于深圳市南山区东部的沙河街道，出租屋众多，住房相对便宜，是很多人来深圳市区工作的第一站落脚点，如今白石洲大部分村屋已经被城市改造为超高层住房。

命运分散于不同的房屋，
在这一处，白石洲，
上演了时代的暴富神话，
在一栋栋倒下的村屋上，
财富诞生，
贫穷消退，
城市在此更新向前，
没有一所房子来得及变成废墟，
这里的高楼大厦，像听话的农作物，
在春天播种，秋天必然收获。

我们曾是天南地北的人，满怀梦想
以及创造神话的冲动来到这里，
住进白石洲的握手楼。
我们熟悉了村里的菜市场和便利店，
没有记得名字只知道房间号码的邻居，
以及腰间曾别着一串串钥匙的老房东。
从这里走出去便是深南大道，
城市的繁华触手可及，
华侨城的漫步没有贫富差距。
但回到了白石洲的出租屋，
下个月的房租就显得紧迫。

财富是白石洲的标签。
在这里暴富的人们也没想到，
这一天来得这么突然，
早上，从六层顶楼的农民房出发，
晚上，回到六十多层的公寓楼上。
街边仍然传来吉他声响，
流浪过的歌手，成就了他的神话，
而更多的人，在这里走得匆匆忙忙。

白石洲是一个不断跳动的心脏，
一座城市的许多新鲜血液，
曾经流过这里，
它们终将汇入一处叫岁月的河流，
或者晦暗下去，或者干涸。
如果城市能创造源源不断的血液，
一个人的干涸又有什么关系。
他们，是腰间别着钥匙的人，
他们，是用门卡打开白石洲的人。

蛇口

深圳市南山区蛇口街道，是原宝安县政府的一个公社。因为过去是靠海的浅滩，上有大量海蛇留下的蛇皮和蛇齿，而得名"蛇口"。

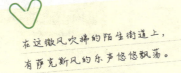

在这微风吹拂的陌生街道上，
有萨克斯风的乐声悠悠飘荡。
每个人都曾经怀疑蛇口，
过去是否真的有蛇出没，
名字是不会欺骗后来者的。
除非地点已经面目模糊。
海边的游蛇必然已经回到海里，
如果它们还依然会游泳，
应该不会像隐士一样遁入南山。
第一座被炸毁的山头改变了蛇口的命运。
从那个春天开始的火热实践，
以及惊涛骇浪中崛起的巨轮
把每个人带进时代的洪流。
除了春天，每个季节或者还能说起很多的故事。
在此不必多提，它们流传已久。
在蛇口发生的奇迹，名叫深圳。
愚公移山一千年，太久。
"时间就是金钱，效率就是生命"。

①注：1981年3月的一天，"改革先锋""蛇口模式"的探索创立者袁庚，坐船从香港赶回蛇口，看着一波又一波的海浪，写下"时间就是金钱，效率就是生命"的口号，这句话至今被印在蛇口商业街。

西丽湖

西丽湖坐落在深圳市西北郊的麒麟山畔，原为宝安县人民筑的西沥水库。1979年，建成"西沥水库度假村"，后西沥改为西丽，原建的度假村已经被拆除。

此刻波光粼粼的湖面，
昨日还是灯红酒绿的温柔乡，
咖啡茶座和美丽的服务员，
似曾相识。满座宾客，欢声笑语，
竟像是兰亭之集换了时空。
人们总需要一个地方，
举不散之筵席。
西丽湖像会稽山的流水一样，
终究要舍弃游人们而去。
那些春风得意，那些纸醉金迷，
对于时代来说，并不值得就此定格。
它已步履蹒跚，成为昔日的赛马。
贵宾们曾带来的犬只，已经老去。
美丽的亭台楼榭，被推倒拆卸①。
在一片荒野上建起的乐园，
又还给了另一片荒野。
昔日的西丽湖只是清澈的流水，
如今它又复如此。

①注：2019年12月1日，西丽湖度假村宣布停业，约43万平方米的土地移交给土地储备库，该地块的大部分将用于清华大学深圳国际研究生院二期校园建设。

大沙河

大沙河发源于深圳市西部的阳台山，纵贯深
圳市南山区，以河沙资源丰富而得名。

作为河流，它明白自己已经发生变化。

过去的流水是迟缓的，

它也习惯了慢吞吞地流动。

在河中采沙的人，更喜欢它的缓慢。

它有时候会突然感到轻松

在河沙被清理之后，

轻快地绕过了更多弯道。

那时候的它熟悉这里的街镇，

那些用了它的沙子建起来的两岸的房子。

每一个路过河岸的人

年复一年地相遇。

大沙河认识他们：

面孔甚至不需细看，

是那些河里嬉戏的顽皮小子们。

小时候他们是那个模样，

长大后还是那个模样。

大沙河默默地念。

但现在的大沙河，

似乎记得不太清楚了自己的样子。

两岸的房子，越来越高，

一片片蓝色的玻璃，

把它们的肌肤覆盖。

大沙河已经看不太清楚了。

两岸的人，还有车轮越来越多。

河沙已经不像过去那样厚重，

它的身体变得越来越轻松，

但它的记忆却变得更缓慢。

它想起那些时常到河里嬉戏的顽皮小子们。

不知道他们老去是什么模样？

人们在它的两岸修绿道、公园，

栽种了风铃木、勒杜鹃、龙船花……

花枝招展的大沙河，

不再是老奶奶的模样，

无论它微笑还是落泪，

那些回忆都无法被悄悄埋入河底。

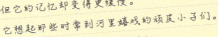

世界之窗

深圳世界之窗位于深圳市深南大道旁，是一个综合游园景点项目。

假如这里就是世界的一扇窗户。

跨出世界广场小方格，

用五分钟奔向五大洲。

地球就这么小，世界就这么小，

正如佛造出了三千个世界

这里用沙石瓦砾建造出

那些关于奇迹的影子，或模型。

如果你试图寻找法老的宝藏，

这仿造的狮身人面像不会朝你咆哮，

也许有一个黑暗的通道，在很深的地方

通向卢克索神庙，

从这里到达埃及尼罗河畔，

只需途经巴黎铁塔和桑香佛舍，

那些被视为永恒的事物；

在此只是立体的背景墙

游客们留下的照片，千篇一律。

如果你日出时候到这世界之窗，

日暮时候就该离开了。

这里的峡谷没有夕阳。

教堂没有钟声，歌剧院也没有演出。

夜晚来临，那些人类文明的影子，

将会静静躺在那里，

像躺在一条没有水流的长河上。

不可否认，它们也是一种文明。

人们用本来的名字呼唤它们，

却明白这是一场虚假的旅行。

非洲人在这里为你跳草裙舞。

恺撒大帝在这里加冕，

火山灰在你脚底覆灭了庞贝城，

不可否认，我们不能抵达的险境，

我们也因此得以逃离。

深圳野生动物园

深圳野生动物园位于深圳市南山区西丽湖东侧，1993 年 9 月 28 日起正式开业，是中国第一座具有亚热带新型园林生态系统的风景区。

也许美人鱼才是这里最珍稀的。
她有金色的长发，还有蓝色的眼睛，
并在蓝色的水池下跳舞。
遗憾的是，她每天只出现两次，
在跳水的小丑和唱歌的海豚后面。
等待美人鱼的时间里，大熊猫
在玻璃窗内留给我们懒洋洋的背影。
它们仍在啃着那根竹子，
一只被咬了一口的苹果，落在不远处。
长颈鹿，一个温顺胆小的高个儿，
傻乎乎地眨着眼睛。
黑猫警长是一座雕塑，在看丹顶鹤的路边，
执勤了许多年。百兽盛宴，
黑熊也要踩钢丝，百鸟飞了一整个下午
动物园里所有动物都在工作，
在这里游荡的我们最为空闲。

深圳的夏天

深圳平均夏季长202天，通俗概括为一年"热九个月，下半年雨"。

这是一个名叫深圳的夏天。
我们这些鱼都搁浅在海岸。
滴汗，黏稠，无法伸展。
衣服像多余的鱼鳞，
再也无法链接大海。
夏天如此让人窒息。

铁皮房子里的人们，
用西瓜和风扇抵御热浪。
穿着比基尼的美人鱼，
正在深圳湾跃出水面。
在这个城市的地铁口，
我们都有同样炎热的夜晚。

月光一如既往挥洒，
南方的夏季如此漫长。
白天和夜晚是两种幻象。
在皮肤的不同渴望之间。
喜欢和厌恶总总轮流出现。
这个城市的夏天总是不停变换。

深圳大剧院

深圳大剧院是深圳市的重要文化地标之一，1989年正式投入使用。

镭射灯照亮了红丝绒幕布，
今晚有精彩演出。安静的钢琴
已经在舞台一角安置得当。
演员们在后台画好了艳妆。
在这大厅内，观众们屏息等待
一位眼神忧郁的歌手登台演唱；
她的眼波温柔流转，
好像玫瑰花瓣落在我们心坎上。
身影曼妙。她乌黑色的长发披在肩上，
当她缓缓走向钢琴旁边，四周鸦雀无声；
流淌的是珍珠，滑入白玉盘。
等她转身鞠躬，掌声变成雷雨点，
而一位身姿挺拔的绅士在幕后等待着。
他也将在此慷慨地奉献他对舞台的热爱。
人们说深圳大剧院是个浪漫的地方。
总是荡漾着爱恨交织的激烈情感，
人们说，台下的观众席上，
曾坐着沉默不语的哈姆雷特。
他久久注视着舞台上的朱丽叶，
想的却是那一年的化蝶。

八卦岭的咖啡街

八卦岭片区位于深圳市福田区，是深圳最早的建成区之一，也曾是深圳最著名的印刷基地、图书批发市场和工业区。如今此处聚集了近百家咖啡馆。

从前的油墨味，被时间
酿成了咖啡香。
在树影忽明忽暗的交界处，
在小小的破旧的厂房前，
在巷子口。
楼下刚腾出的空铺子，
咖啡师住了进去，
总之，你要来八卦岭喝咖啡。

如果你喜欢失眠，
你的睡梦
就会被过于清醒的日子填满。
你杯中的那一朵郁金香
曾经被日晒水煮，
过去这里堆满了图书，

如今这里也堆满了图书，
只是变得旧了一些。
八卦岭，以及你我。
也许还来得及相遇。

在八卦岭地铁的出口。
报站的粤语与国语声中，
我们走进了他和她开的咖啡馆。
他负责磨咖啡豆，她端来甜品。
他们之间的甜度，胜过窗外的黄昏。
这样的一杯咖啡只卖二十五。
在这个年代，我们羡慕别人的爱情
和那些开在别处的咖啡屋。
也是在这里，我们总是热衷谈论孤独。

水围村

水围村位于深圳福田区。明朝时福建移民庄氏人在此聚居，靠捕鱼、种田、经营渡口为生。清代初年，村民在围村四周挖水沟，引海水为河流，故称"水围村"。

关于水围村，总有那么多的传说。
水围村里穿拖鞋的阿伯，据说是
隐居于此的超级富豪，
人们说阿伯还见过繁华的隔岸①。
那一年有人从河面游过去。
那一年有人随着海水漂流。
那一年护城河里的海水是已经干涸了的，
但古老的渡口还在经营，
它们现在被名之为关口。
最近的河流，流淌着最远的海水。
古老的村落，铺上新砖。
在水围村生活的人们眼神总有光。
他们在出租屋里吃喝谈笑、畅谈过往。
听说，霓虹灯招牌下换了新的餐馆，
听说，对面的邻居换了新的女朋友。
他们把故事讲完了之后，总要加一句：
努力让子子孙孙在此生息。

①注：隔岸香港，改革开放后聚集了大量港人在此生活居住。这里还涌现了深圳首个城中村人才公寓样板。

沙头角

清朝官员巡视大鹏湾在沙头角题下"日出沙头，月悬海角"的诗句，沙头角因此得名。

界碑一开始并没有变得沉默。

关于街道上对望的那对男女；

沙头角，在日出时分，重为一体，

人们却只能从两个方向默默凝视。

在那年被海风吹散的集市上，

一位姑娘徒劳寻找她的新郎；

街那边是山，街这头是海，

一张地图被撕成了两半。

一条看不见的河流出现，

他用目光拼命抚摸她，

她用岁月等待他归来，

等啊等，直到街上已经没有枪炮声。

另一个时代的梦里，

骑楼凋敝，繁华落幕。

但他已经把她留在那里，

再也无法在年轻时重逢。

梅林

　　梅林街道最早因为杨梅林而得名，梅林一村曾被联合国评为"亚洲第一村"，是一个城中村演变成为的大型社区，也是深圳人心中公认的"美食天堂"，食肆林立，烟火气十足。

突然间梅花都落了下来，
因为所有的梅子树都被砍伐了，
果实也随之消失。
还有此起彼伏的蝉鸣声。梅林，
只剩下一个仍然美丽的名字。

如果有人看到杨梅，可能也不会再想起
长满山坡的红色果实，
也许他和她会想到，
梅林山中仍翠绿的荔枝，
或一首关于梅花的古诗
和街上食肆冒出的烟火气。

八百年前，村头已立下石碑。
三百年前，三圣宫里还有神仙。
那年梅林天空飘过的细雨，
曾将一顶顶客家凉帽打湿，
而如今，梅花落尽时，
林下始道是相思。

莲花山公园

　　莲花山公园位于深圳市福田区中心的最北端，南临红荔路，北到莲花路，东起彩田路，西至新洲路。

莲花山上没有神仙的莲座，
却有城市的信仰。
每一次前进的路上，从不缺席，
每一次惊涛骇浪中，从不惊恐，
这个城市承担下的浩大使命，
改变了它本来的命运。
如今两千多万人的命运，也在此联结。
大鹏展翅在你的目光里。
你亲手栽下的树木已经繁茂。
莲花山上矗立着伟岸的灵魂，
昂首阔步的姿态，
就是这座城市的姿态。
莲花山从容绽放，晨曦拂晓，
四季更迭，从不褪色败落，
它是属于深圳的一朵清荷。

香蜜湖

　　香蜜湖街道位于福田区，前身是建于 1981 年的香蜜湖度假村。现在的香蜜湖街道是深圳高端住宅区聚集地和福田区金融中心地带。

香蜜湖，一个听起来甜蜜的地名。
它是英文课本里的 *honey lake*[①]，
它是一种可望不可即的神秘之境。
繁华深处，另一处繁华。
它看起来很友好，也接近普通的街道。
但只要走近那些园林后的小区大门。
或是需要来访卡出入的高楼大厦，
你将感到一种无形的距离。

年轻的香蜜湖，却曾经是孩子们的乐园。
如果你有一位住在香蜜湖的朋友，
也许你们坐过那时候整个城市最高的摩天轮[②]。
也许你们曾在同一个过山车里欢呼，
也许你们曾经接过同一只"米奇"和"米妮"[③]：
它们夸张地微笑，只为了取悦你们。

香蜜湖，自诞生起就没有贫困的岁月。
这里还曾有达达的马蹄声，
每天的第一缕阳光，照进骏马的眼睛。

它也是成人世界的世外桃源。

人们在这里追求快乐、刺激。

夜总会里的激光灯曾打向狂欢的人群。

每晚有万人在同一条街上分享美食。

香蜜湖，一直在勇敢地告别，

那些曾经看起来难以移动的设施，已经

被时间连根拔起。灯红酒绿处，

食肆的酒味还在。骑士们已解甲归田，

美人们已经离席而去。那些人，那些事

一切已经不可追忆。但香蜜湖的名字

到了唇边，依然甜蜜。

①注：香蜜湖的地名曾编入深圳中小学教材，翻译为 honey lake。

②注：当年香蜜湖娱乐城是我国最大的游乐园，建有深圳最早、亚洲最高的摩天轮（全高46米）。

③注：当年香蜜湖娱乐城游乐园里引入了"米奇""米妮"两只玩偶形象，实为迪士尼米奇和米妮玩偶的仿制品，据传并未得到迪士尼授权。

华强北

华强北的名称源起1980年代初，得名于当时迁入深圳的兵工厂——华强公司，城市规划的时候，把华强公司附近一条路命名为华强路，这里曾被称为"中国电子第一街"。

在华强北的柜台上，还留着
它黄金时代的影子。各个型号的硬盘
在被淘汰之前记录了一个辉煌的年代：
寸土寸金，每个柜台前都挤满了人。
最忙碌的是老板手中的计算器，
每天算个不停，几乎冒烟。
在这里有人曾经孤注一掷，血本无归
有的人则在风浪之中，满载而归。
华强北的传说，是深圳的传说。
有一种介乎梦想与欲望的力量，
支配着华强北人的意志和旅途。

如今的华强北，依旧人山人海：

从地铁口汹涌而来的人潮，密密麻麻，

脚步匆忙的中年人，

姿态曼妙的女郎们，

走过十字路口的斑马线，

步入高楼大厦的格子间。

是全球化潮流改变了华强北，

但财富创造的神话并未终止。

今天来到华强北的人们，

也许属于游牧民族的另一支。

他们由新的梦想和野心构成，

在新的棋盘上小心地落子。

他们是新的浪潮，

向着无垠的蓝海搏击。

新手咖啡馆

系原位于罗湖区红宝路南村的一家社区咖啡馆名，如今该店已关闭。

从红岭地铁站走出来，

一片绿荫挂着的勒杜鹃，

在秋天的巷子飘荡。

推开木框的院门，走进这间咖啡店。

米白色的墙壁，

暖黄色的灯光。

墙上的黑板上写着一首我从来没读过的诗歌，

一只狸花猫的照片被制作成明信片，

摆放在柜台旁。

庭院铺满了落叶，

一支鲜嫩的玫瑰，

在玻璃瓶中绽放。

屋檐垂下紫色的牵牛花，

一只小黄狗懒洋洋地趴在地毯上，

空气中洋溢着燕麦拿铁的香味。

那个下午，一开始是店员说欢迎光临，

最后是我说谢谢，再见。

——这些，确实已经消失。

但又活在于某个人（我）的回忆。

东门老街

东门老街位于深圳市罗湖区。自晚明始，这里就是一处名声显赫的商业街区，又叫"深圳墟"，深圳也是以东门老街为基点发展而来。

秋收的新米、刚编织的凉帽、

南澳渔民刚刚腌好的咸鱼，

还有广九铁路捎来的布匹①，

在集市上吆喝的人们，热情亲切，

交织着粤语、潮汕话、客家话。

东门老街曾是这样的热闹集市，

仿佛一出农耕时代最后的绝唱。

谁依然挑着昨天的谷担，

在街心的巨型铜秤雕塑上称量？

谁正在布心路挑选着美丽布匹，

预备做秋天的新娘？

而如今在东门的街道上，

长长的骑楼长廊下，数以万计的商铺，

很多人一生之中从未走进其中一间。

数以百万的人潮从我身边掠过，

我竟一个也没有认得出。回首时，

万头攒动，烟火沸腾。走在东门的街道上

也许今天的我，刚好

路过了昨日的它。

①注：1913年广九铁路建成通车，罗湖车站启用，卖农产品的谷行街迅速兴起。

黄贝岭

黄贝岭村，位于深圳市罗湖区黄贝街道西南部的一个村落，始建于明成化二年，今为黄贝岭街道。

黄贝岭不认识那个年轻女人，
她独自一人幽居在某出租房；
可能她也不了解她是谁。
在某个周末她可能是某个人的女朋友①。
其余的时间里，她是黄贝岭的闲人，
和其他匆忙的身影毫无关联。
有一天，她忽然牵着一个孩子，
白白胖胖。他们轻快地走过窗栅。
像影子一样越过对面的口岸。

村口的大榕树却认识另一个女人②
她挑着担来这里卖菜，
至今已经三十年。她老了，
她记得的黄贝岭，在她的记忆里；
人们说，她和她挑的菜担子，都来自东莞。
世界上有许多地方，但她如候鸟一般，
认定了黄贝岭，从此这样过一生。
也许忽然有一天，她不再出现。
但也许生活会在这一天之前改变。

黄贝岭曾是时髦的明信片，

如今是一个发黄的信封，

被轻轻投入墨绿色的邮筒。

它曾经如此年轻，

现在又显得年迈，

有些小区的围栏锈迹斑驳。

但还将有更多的人会来到黄贝岭，

找个容身之所，或谋个出路。

她和她。她和他。

他们曾经在狭窄的街巷中徐行。

他们终将在深圳的记忆中走远。

①注：改革开放后，此地作为城中村曾聚居天南地北的打工者，并成为隔岸部分香港人回到内地置业的热
门地点，很多香港人选择在黄贝岭安置内地恋人情人。
②注：黄贝岭华丽东村有一位来自东莞的刘婆婆，30年来每天雷打不动地从东莞坐车，带着青菜、水果到
这里出摊。

洪湖公园

洪湖公园位于罗湖区翠竹街道，是一个以荷花及水面景观为特色的综合性公园。

深圳人一提到洪湖公园，
公园里的荷花就应声开了。
这里并不是江南温柔水乡，
而只是南国的一处荷花塘。
走进洪湖公园的四季之景：
春天，莲香湖群鹭正戏水；
转眼，夏荷盛开十里飘香；
秋天，被落羽衫染上橙黄；
冬天，静远的睡莲像美人，
款款地接待水面上的暖阳。
即使洪湖公园一直在变迁，
唯有这一池荷花年年盛放，
开在日复一日的城市中央，
每一朵荷花定格一种永恒。
没有一朵花是完全相似的，
来到这里拍婚纱照的人们，
似乎一直懂得这一个奥秘。
正如爱情会改变、容貌会改变，
正如一生中可能仅到此一游，
但真爱过的只有那么一人——
在那年的荷塘之畔。

罗湖桥

罗湖桥是深圳河上的一座百年火车轨道钢铁桥梁，联结着深圳站与香港九龙站。如今这座桥已经被平移到香港一侧梧桐河边作为历史文物保存，不再用于通行。

老罗，老罗，醒一醒。

最晚那一趟火车已经开走了，
想听你说说光绪年间的事儿[①]，
还有那近在眼前的炮火[②]，烧焦了
土地，河流两岸传来农民的哭声。

你是否还记得第一个过河人，在桥上
慢慢地走，像桥下的河水那样缓慢
五十米的距离，有的人走了一生
也没有回到故乡这一边。

老罗。如今你已经安然地享受退休生活
人们在落地窗前看着你[③]。
你被隔绝在另一个时代。
我知道你并没有真正睡着。

我知道有的故事在你的梦中反复播放：
火车的，枪炮的，那些声音，
百年前，那月亮，那条河流。

你记住的，可能全被别人忘记了。
你忘记的，可能已经被写进故事。

[①]注：罗湖桥最早是清光绪三十三年（1907年）广九铁路初建时的火车轨道钢槽桥梁。1911年的中、英两段铁路在罗湖接轨联通，1913年正式通车。

[②]注：1949年10月14日广州解放，因铁路员工积极护路，广九铁路免遭破坏。

[③]注：今日港铁罗湖站落地窗前可以近观老罗湖桥。

元勋旧址

元勋旧址又称笋岗老围，位于深圳市罗湖区。落成于明代早期，是元朝至明朝洪武年间官员何真的子孙所建。

站在一个古老的家族宗祠前①，

听雨落入天井。

高大的门楼后是六百年前的荣耀，

他们的祖宗，正在与皇帝恳谈，

时间在变幻莫测的年代流转，

大门推开后，他穿着官服走出来，

一脸的宽厚，丝毫看不出

他即将要上阵杀敌，他所在的并不是太平盛世。

而是腥风血雨，能够在两个朝代更替时

成为所有人心中的英雄，

这原是极其困难的事情。

子孙眼中风光无限的形象，

也许是他勇敢的佐证。

命运的神奇，就是这样的一种机缘。

几百年前，当他的生命熄灭，

他就成了神灵②。

为后代赐福，是他的新使命。

陌生的人们，也热衷来到这座古老的庭院中

祈求他的某种赐予。

六百年前，他为皇帝建立功勋。

六百年后，他成为子孙的功勋。

①注：元勋旧址前有门楼，后有神厅，外围原有护河，四角有二层的阁楼。阁楼间以城墙连接，有三条纵巷、六条横巷，三眼水井和140多间民居。后据建有何氏宗祠，东侧有天后宫。

②注：洪武二十一年（1388年）三月，何真去世，终年67岁，明太祖亲为文祭悼，复赠侯爵，谥"忠靖"。

达菲艺术小镇

达菲艺术小镇，又名梧桐山艺术小镇，地处梧桐山脚下，是一个文化艺术主题园区。

尽管只是山脚下的一个角落。

有人把它悉心打扮装点，

就成了美丽的小镇，

唯有人类的活动，

能够塑造自然的属性，

人们创造了诗和远方，

并且在土地上盖起新房子：

只有让画家们住进来，

风景才会进入画中。

山中的风声也变得浪漫，

弹钢琴的人在田野演奏。

黄昏的树影，被手风琴捕捉。

梧桐山的飞鸟，停留在屋顶上，

迷失于草地上的华尔兹，

有时候艺术是抽象的物品，

有时候它是一种自然的奇迹，

尽管没有人在这里读我的诗。

但我把这里路过的某个日子。

写入了这一页，未来的某一天，

它或在某个成为梦境的地方出现。

梁金生烈士纪念馆

梁金生烈士纪念馆，位于罗湖区东晓街道新屋吓 139 号股份公司办公大楼二楼，展品主要包括梁金生烈士生前的照片、信件、诗词等。

在一百年后你的故乡①，

我看见了你手写的信笺，

我看见一个身处荆棘之中的勇敢者②。

那时夜空中全是冷的星，

但你的一腔心血仍炽热。

如一只小船儿，从黄昏向黎明

途径的黑暗是必不可少的，

还有枪声和强盗，在哭泣的田野上。

你教会莘莘学子识字立志气，

教会他们在泥泞之地仰望天空。

我想到在即将到达黎明之前，

你无缘见到的光明，

也想到你无悔的一生。

在草埔新屋我第一次认识你。

我们默默对视，在这间纪念馆里，

照片上的你，年轻，有朝气。

仿佛依然能站出来振臂一呼。

你的血，燃岁月，亮寒星。

①注：梁金生是深圳市罗湖区东晓街道草埔新屋吓村人，清光绪三十二年（1906 年）在越南出生。1937 年，中国全面抗战爆发，受中共南方临时委员会委派，梁金生回到家乡草埔从事抗日救亡工作，他创办草埔民族中学，所培养的许多青年人后来成为东江抗日游击队干部或成员。1946 年初越南劳动党派梁金生同志参加与国民党的谈判，在宴会上被国民党特务毒害而壮烈牺牲，年仅 40 岁。（据公开资料）

②注：1945 年 3 月，梁金生赴越南前写给妻子一封家书，"仅献给你拙诗一首：英雄未必无情者，先公后私界限明。"

梧桐山

梧桐山，位于深圳市罗湖区，自西南向东北渐次崛起。在此远望，西可俯瞰深圳市区，南与香港大雾山对峙。

在历史的硝烟之中必将竖起
一座巍峨的山峰，
而深沉的大海将是无声的目击者。
傍晚的炊烟散发出米饭的清香，
谁料到一场剧烈的疼痛即将来临①。
抗日战士们牺牲在山头上，
鲜血洒在红色的勒杜鹃。
那是接近黄昏的海滩，
无处躲避的枪林弹雨，年轻的胸膛
在此山头被敌人刺穿。
梧桐山如果有记忆……
那些年轻的生命将不被遗忘，
还有那在黑暗中抗争的呐喊，
阳光终将升起来。
梧桐山是历史的雕像，
是山与海惊心的魂魄。

①注：1942年夏天，东江纵队惠阳大队开始在梧桐山开辟抗日根据地，在盐田、横岗等地开展发动群众工作。1943年2月，曾生同志要求惠阳大队派出一个独立小队，在梧桐山西南面开辟新的游击区。2月17日，民运队到附近村庄做群众工作。当日傍晚，独立小队全体集合后向老百姓借灶做饭。由于事务长放松了警惕，误当地伪日保长的家。伪保长向日军报告独立小队的行踪。2月18日下午，日军偷袭独立小队，全部勇士壮烈牺牲。（据公开资料）

罗湖山

深圳罗湖区原有一座"罗湖山",最早得名于清康熙年间的罗湖村。"罗"字源于古越语,是古壮侗语对山的称呼。从1980年底开始的"移山填湖"运动,让"罗湖山"消失,近百万立方米的山体土壤被填充至原深圳罗湖区低洼地带,罗湖城区面貌得以改变。

从前有座山,叫罗湖山的山。

那山绿水环绕,湖塘众多。

最早呼喊它名字的人,

六百多年前在此打鱼耕田

他从未离开过他的村庄。

他拿着弓箭走在低洼泥泞的小路上,

鸟兽们纷纷躲进这座山。

从没有想到过,有一天,

这里会变成混凝土的街道,

那些水塘的水已经被抽干。

罗湖山变为一片土地。它消失了。

时代改变了山的模样,

房屋建在往日的水塘之上,

在我们熟悉的罗湖土地上。

脚下的泥土曾经是一座山峦,

粉身碎骨之后的模样。

它也从未离开过故乡。

但故乡已经永远改变。

中国文化名人大营救旧址

中国文化名人大营救旧址位于深圳市龙华区白石龙村。抗战期间，在中共中央指挥部署下，从香港沦陷区陆续营救 800 多名文化界精英、进步人士。1942 年 1 月 13 日，最先出发的茅盾一行人取道西线陆路，辗转进入深圳市白石龙村。他们在此停留时间短则不到一周，长则四个月。

保卫祖国
为民先锋

早就历经风浪的舢板，
又一次在月黑风高之时启航①
越恶浪，过锣湾。
身后是不能忍受的屈辱②，
前方是奔山赴海的命运。
在路上还有阵阵犬吠声
——如果为了一种理想的坚贞，
踏上流亡的道路是唯一的选择
——或者躬身可以换取平安，
甚至有眼前的荣华富贵：
不须忍受草案中的跳蚤，
也不必饥寒交迫中继续逃亡。
但你们，选择了绝不下跪，
最柔弱的身躯挺直了脊梁。
到如今，每一个走进白石龙村的人，
都以那一天你们的到来为傲。
你们的背影已经消失在黑夜，
但你们走过的地方成了风景。

①注：文化名人们趁巡逻的日本士兵换岗时，藏在木船的舱板下，趁着夜色从铜锣湾渡海抵达九龙红磡。
②注：当时日本侵略者妄图逼迫在香港的中国文化名人们公开表态支持"大东亚共荣圈"的建设。
③注：1942 年 1 月，邹韬奋从香港脱险后，在白石龙题词："保卫祖国，为民先锋。"，引用自该馆公开历史资料

观澜版画村

观澜版画村的前身名叫大水田村，是深圳十大古村落之一，村内至今保留有碉楼古井、水塘宗祠、客家排屋、农田花海、版画工坊等岭南古村风物。

火红的勒杜鹃在白墙上绽放，
仿佛当年的少女倚着墙站立，
她的脸庞像花朵一样明艳，
她的笑声一串串落在水塘。

数百年后，你在暮色里走过，
在版画工坊里印出她的模样；
黑白铜板上，反复诼磨，却
还原不了唇红齿白她的鲜艳。

人们说古老的村落里都有一棵
会言说前生今世的老树。
当我看到村口的菩提树，
它的叶子里似乎藏着心事。

它也像那位客家少女一样
曾经年轻又老去，与风雨比肩。
那扎根在土里的根须，汲取着养分：
是更古老的村落，还是更古老的爱情？

客家围屋

客家围屋始于唐宋，兴于明清，特点是集家、祠、堡于一体。深圳市坪山区是客家人的主要聚居地，尚存"大万世居"等客家围屋80余处。

在唐宋的盛世之上建起第一间房子，
方在圆中，纵横分明，
一口天井，成了房子的中心。
最佳位置，是老祖宗的祠堂[1]。

千百年来，你制定着自己的规则，
一代一代的客家子孙遵循着约定。
即使在战火与朝代更迭之时，
你也坚持着基于亲情的统治。

在炮楼、天街、天井之中
懵懂孩童们年年学步长大。
也许自从世界变得太平啊，
人们便不再以堡垒为家，围屋便老去。

如今在高楼广厦之间，
你却变得越来越矮小。
你的领土在不断收缩，时间后退：
子子孙孙世代聚居在此，是昨日的梦里。

[1]注：坪山客家围屋的宗祠作为结构围屋的核心，不再像法则一样得到强调，也允许建于围屋之外。

马峦山

深圳马峦山，是一处少有的邻近市区而未被人为破坏的美丽山峦，这里有深圳市最大的天然瀑布群。

有一条通往瀑布的小路，我只走过一次，

那一叠翠湖，落满上千朵的梅花，

我与你曾在此对话，

你似乎引用过一些浪漫的诗句，

说从前达达的马蹄，如何路过江南。

你似乎向着满山野花跳过一支舞，

有一片刚刚成熟的橙林，你摘了一只果实。

而我只从那山中的溪流带回一丝清凉，

试图供养那枝被无意折断的竹子。

有一个你，被我遗忘在，一个蝉声喧哗的午后。

在离开溪谷之后，

人群中无法与你相认。

你从一张张陌生的面孔中走来，

又回到一个个陌生人当中。

有一座山峦，我曾与你跋涉其中，

你不像那山中清澈见底的溪流，

也不像那单纯的蝴蝶。

但马峦山如果是一位年轻的姑娘，

她想到你时，或许仍会微笑。

光明区的故事

深圳市光明区原为公明镇，始建于明清。民国时期曾称为公平圩、公明圩，取"公道""光明"之意。2004年7月，深圳市实现城市化，公明镇改为公明街道。2018年9月19日，深圳市光明区正式挂牌成立。

1958年，星星点亮了一片荒草地。

开拓者们乘着星月夜披荆棘而来。

开垦，逐牧，在光明的田野上。

清晨的露珠开始沾染芬芳——

牧草在人们的希望之中生长，

农场、果园、鱼塘，

奇迹般出现在青山绿水之间。

白云不再在蓝天上流离漂泊，

它们跟着雪白的鸽子游荡。

为何山边的风开始带着甜香？

这边的枝头呵，挂着荔枝和星光，

像是冥冥中被邀约的客人——

他们，光之子。

在贫瘠之上，建立丰美的粮仓。

1980年，是拔地而起的楼房：

还有越来越稠密的灯光。

何人将这片土地拟作诗篇？

高山上的球场，

草浪之中的牛奶香；

台风是年年而至。

暴雨总是冲刷着刚长出嫩绿的草地，

但，洁白的鸽羽永远承载着

鹰击长空的顽强意志；

是黑夜消退后的星子。

见证顽强的花儿开满田园：

风雨低垂在奋斗者的眼帘。

阳光始终眷恋着这片热土，人们——

正在敷汇一种伟大时代精神。

1997 年，回归亭山如同游子的雕像。

你曾经挥着离别的泪，如今云当风清。

香港回归，对岸的游子盼望回归故土：

群山、海洋、绿地和夕阳的光芒，

都曾经使渡过那片河流对岸的人们怆然。

如今登上回归亭。但有一种盼望，

这片土地的青春，正在迎来别样绽放：

流水线将年轻的活力注入厂房，

一只只小船，从彼岸的海洋上，

迎来送往海归游子客商，

光明在时代海之中绽放光芒；

游子的身影刻在建设者的史册中，

年华献给心中最熟悉的远方——

轻轻落在白花榴绽放的围墙边，

母亲柔软的双手将游子的心安放。

2000 年，二十一世纪的光明！以何为美？

让滴水折射出彩虹，让自由思想汇聚一堂，

让人们安装上为时代轰鸣之音激动的心脏。

这里迎来一批批逐梦者，
他们从五湖四海而来。最终扎根在这里
他们日复一日建设出一个崭新的世界——
发展的脚步，总是在路上
人们劳作，也在球场挥杆，
在每一个随风起舞的日子里。
为未来点灯。
光明人砥砺前行。

2019年，奔跑的高铁追逐着云彩；
光明站的列车出发向远方，
光之翼穿越了最悠远的时光；
每一天的光明
都激荡着时代之音的声响，
希望的田园上又生长出新的期盼，
人们走过天际的那片花海；
眺望白云密林与群山；
他们在这里追忆，怀念，等待，想象，
直到将光明的记忆沉淀为深沉的爱——
拓荒人在半个世纪前寄出的信笺。
在阳光里徐徐舒展……

第二辑

花儿，时光

遇见的人，途经的岁月，
辗转的你我，写给时光。

街心公园

阳光隐退。
黄花槐，这羞涩的美人，
抬起了低垂一天的树冠。

初冬的薄暮，
天上刚淡淡飘逝的云。
坐在街心公园的椅子上，
一朵红色的玫瑰花和你一样，
焦急地望着远方。

夜色渐渐涌上，
爱侣开始寻找更僻静的角落。
一丛红背桂的树影里，
有人不休地倾诉思念，
无数蠢蠢欲动的嘴唇。

孩子，
那群喧哗的精灵，
在草地上奔跑着。
笑声，
随着不断流逝的时间，
在旋转木马转了一圈又一圈。
亮起的路灯让你感到眩晕。
然而也终于让你意识到，
四周的楼房，更多的灯火。

和往常一样，夜空里没有星。

人群

密密麻麻，

在公园空地上，

逐渐汇聚成一股潮水，

欢乐的音乐，扭动的臀。

一尾尾光滑的鱼，

在黑夜的浪尖上狂欢。

一个红裙子的姑娘站在马路对面。

你拿起玫瑰挥手致意，

她却始终没有走过来。

荔园晨风

一本旧书翻飞，万缕千丝的光。
树林里有三千棵荔枝树，
一串串晶莹剔透的水晶果。
青春是树下踮起来的脚尖，
在草绿花红的小路尽头，
盛夏的骄阳似火，

在树林里穿行，不愿把眼睛张开。
这阵清风，正是这一阵清风，
又再轻轻柔柔地吹过头发，
还有女孩的裙摆和白衬衫。
我来了，我经过，我要走了。
图书馆前的水池泛起涟漪，
洒下银色的月光像鲤鱼，
黑色的仲夏夜下起了雨，
雨伞遮不住的丝丝缕缕，
在地面上化开莲花。

在树林里发现，一个孤单的身影。

荔园里有两个湖泊，

无数的月光在湖水里挥发。

没有人见过尽头处的岸芷汀兰，

只有青春与爱情在这里飘散。

你还记得那个时候的我吗？

像是影子一样在你身边徘徊。

有人在树林里，风就穿行起来。

脚下是被岁月填埋的海浪，

风里又飘来我们闻过的花香。

步入荔园的林荫道，"我想起了你"。

像栀子花一样清冽，

像玫瑰花一样甜蜜，

那就是青春的回忆，

那就是我心中的你。

江南

他……

他快马跑过了江南，
青铜剑生出绿锈。
美人醒来欲梳妆，
漫天尘土蒙上窗纱。
谁偷走时间的沙漏，
装了新瓶的老酒；
谁约好了一醉方休，
至今还没下西楼。

她……

挽起紫罗裙下龙舟，
月色压碎了枝头。
桂花、杏花、辛夷花，
要落在垂钓人的头。

悠悠又千载……
江上肥美的鲈鱼，
要等它上了钩。
你拨小火炉，
我为你斟满酒。

院子

你是绿荫深深的庭院，

枝蔓缠绕，

绿叶覆盖了四季。

紫荆盛开，中有月光。

红背桂不时飘香，

知了在夏夜之间清唱，

又在寂寞的初秋沉默。

我在你怀中数着花瓣，

在竹影里拾起一片执念，

阳光拐进深深的绿荫，带走一颗露珠。

每一次，

风对着晨曦起舞，

杜鹃花红，

剑兰青翠，

乔木望着天空。

你是流逝匆匆的时光，

我试图将身影隐藏在你的怀里。

指尖颤抖，

玫瑰的刺让人清醒。

那不是青春的小径——

是刻在终点的缅怀。

当你快乐，当你沉默，

当你盛放，当你凋零——

当我离开，

这绿影深深的小径，

成了，年复一年的思念。

一念生

我无意惊扰你的梦。
它是一潭清水，
就让它是清水。
它若一缕尘泥，
就让它是尘泥。

这样，我心亦自在。
于尘中，于泥中，
于寂寂的相思里，
了就来了。

我无意执起你的手，
往你的眼睛深处望去。
无意寻找馥郁的花园，
或由无名小径到达某个终点。
我没有因你不朽的渴望。

所以，我心亦枯燥。
于露水，于闪电，
于穷其一生的梦境，
或不可说。

前世合生的莲花，
今生，色相并非无常。
如是，我不去惊扰你。
本来面目，情量何生？
此念即生。

揭谛揭谛

揭谛揭谛，波罗揭谛。
待那一天，世间没有色相没有你。
没有了生死的定义，也没有我。
褐思想交给对岸虚无的神明，
在皆空的世界里，
没有了时与空。

待那一天，我的眼睛看不到你，
耳朵听不见你说的话，
鼻尖闻不到荷的清香，
舌头打结说不出告别，
俯身去，六尘只是虚无。

既是如此，对你情量何须增减。
待那一天，明月依旧照见池泥。
亦复如是，菩提洞悉一切苦厄。
除去苦难，亦不再道相思。
神光普照，亦不再有挂碍。

可是我不愿在那虚空中变得澄明。
不生不灭，不垢不净，
耽于这软弱的意念与欲望。
在日暮时分滂沱泪落，
揭谛揭谛，我不想到对岸。
愿住此生，耽于你的形相。

牡丹花下

半炷香的失神，
他凝望轴画中的人儿，
云鬟松散，
眉心轻皱，
纤纤十指似要戏蝶，
白如月光的肌肤，
泛出三月的桃红，
亭台，流水，蝶舞。
如果她从画中醒来，
可能会与他饮杯酒，
她究竟是醉了多久，
这丛牡丹花开了又落，
他又误入这园中
站在六尺白纸前，
他要在纸上画满牡丹——
那是她的心，她的魂。
他要等她再次醒过来，只是
不知该用一天，还是一生。

才能等她醒过来……

时间

我寻找你。

这一眼历经了万年。

你泯然于众生与天地。

当月光里轻盈的一粒沙尘，

落在吉卜赛人的酒杯里。

你在敦煌仙女的水袖上，

你的眼泪温暖着寒冷的石壁。

你在万物消逝中穿行。

当亚特兰蒂斯古城正沉下水底，

楼兰的姑娘在听一只蟋蟀鸣叫。

奥林匹斯山下了一场大雨，

沙漠的埃及人在建造金字塔。

昆仑山上挂了亿万年的冰雪。

时间在每一片叶子上飘逝——

在洋流中漂浮的岛屿，

在遮蔽阳光的椰子林。

在人迹罕至的冰天雪地，

在雨水降落的旷野中……

你喜欢隐匿，在万千的形象里。

有时候你与一头鲸鱼潜伏在海里，

享受着长久而平静的窒息。

有时你是缪斯女神的骏马珀加索斯，

乘着庄子的鲲鹏越过关山万里。

没有人看见你——

但你曾穿过一切，包括我。

西伯利亚冷风

你这北半球最刺骨的风，
寒冷，孤僻，薄情的漫步者。
从西到东再到那遥远的北方，
你高傲的脊梁留下冷冽背影，
你不在意代表冬季还是爱情，
有时带来寒潮，潮湿而阴冷，
有时是一整片晴空的白云，
你吩咐风中的围巾，将爱侣裹紧。

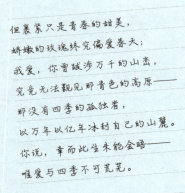

但裹紧只是青春的甜美，
娇嫩的玫瑰终究偏爱春天；
我爱，你曾跋涉万千的山峦，
究竟无法觑见那青色的高原——
那没有四季的孤独者，
以万年以亿年冰封自己的山麓。
你说，幸而此生未能会晤——
唯爱与四季不可荒芜。

虚拟江湖

在那个虚拟的世界里
时区只有一种。
距离无限缩短。
我们被信息淹没，
时常也被罪恶所围猎。
有人在键盘上行侠仗义，
幻想自己白衣飘飘。

在虚拟的符号背后，
隐藏着人们彼此的喜怒哀乐。
甚至刀光剑影。
你和另一个虚拟的你
走在必经的街道上，
却对彼此一无所知，
你们自顾自埋头看向手机。

这是一个虚构的江湖，
我们被虚拟数字组成。
几朵落花匆匆吹落在路面。
红绿灯亮了，现实中的我们
如同白鸥掠过茫茫湖面。

故事

如果你来过我的世界，
只是镜中的水月，
不胜逗漪的一朵心花。
我当如你陌路上的行人，
所有理当由别离牵引的相思，
随着夕阳策马向西。

让我们泯然在一杯酒的浅涡里。
看花落在闲敲的棋子上，
拔亮天色将晦的灯芯，
看红豆在春的相思里，
又发一枝。

花语

三角梅总开在墙角，
桂木樨花藏在绿叶，
你将爱恋告诉了蔷薇，
我把忧思交给三色堇。

两只百灵鸟在花园里各自鸣叫，
它们彼此毫不理睬。

噢，也许
我与你之间，
总是隔着这些篱笆，
上面布满晦涩难懂的语言。
还有月季的刺。

即使满园的花都开了，
也无法代为倾诉……

新相思曲

在这般日新月异的都市里
竟有那么相似的人
那年你爱上的姑娘也爱穿长裙吗
梦境里，也总有相似的故事
今晚鸳鸯枕上空空如也
但是那轮明月迟迟不肯归去
有人在痴看窗外的花树
街灯跌落了七色的光线
在云雾里更加迷离
明日年华又如朝露
相似的意味着终将被替代
那么即使错过了谁也别责怪命运
在莲花铺满河塘之时
每瓣花尖描绘出一个轮回
而在这芳草鲜美的梦境啊
留下了串串胭脂色的足印。

注视

四只小鸟飞过灰色的天空，
我看到它们的翅膀、姿势、方向，
当它们消失在葱郁的山林之后，
我依然能记得
这一片空旷的不同之处。

树底下静静躺着一根修长的枯枝。
如果有人俯身把它拾起，
很快数出它有二十个枝节，
枝节上的十九片叶子簌簌落下，
还有一节，雪在春或夏开出一朵花。

有人画下在晚风中的转角咖啡馆，
以及一棵在刺眼艳阳下的向日葵，
在另一幅画里，它们成了弯曲的星空。
一个人能看到的，多么有限而短暂，因故——
我总是不敢轻易将你注视。

虎与蔷薇

那时的我

是一只喜欢幻想的猛虎，

沿着喜马拉雅山下的暗河

捉弄着冰湖的微涡！

没有谁来告知我

黑夜与星空会孤独，

直到一朵往世的曼陀罗溯流来寻我。

因为有漂亮的毛皮，我很骄傲地

问那落魄的异乡人：你知否？什么是时间？

它抬头回答："朝阳如露。"

那，什么是青春？

它望着冰湖："不过一夕。"

哦，我漫不经心。

更多不说话的时候，

曼陀罗很安静，

像影子，又似乎是寂寞的回声。

直到有天，我梦见对岸开了朵粉色花朵，

异乡人，你说我该渡河吗？

"哦，我是从对岸过来的啊。"

曼陀罗叹道，深深望着我，

只要看一眼，她瑰丽的颜色！

"只是一个梦，不值得你这样做。"

你根本不知道爱，我鄙夷地道，

"这冰湖，可能把你吞没。"

它痛苦地看着我，样子是那么为难，

只要数我渡河！

"冬天马上会来，你可等待结冰。"

爱烧得我难耐，一刻也不能等！

"你不怕暗河？"

我抚摸着雪白的爪子，犹豫了，

"你只是想知道对面有什么，可是，我知道我爱你！"

它的声音，很柔软，很轻。

我闭上眼睛，假装没听到。

一个吻轻轻落下，遮盖我眼帘，

时间像过去了一千年那么久。

当风平息，我恼怒地张望——只看到河流已经结冰！

一段紫色枯枝冻在湖中——是那溺倒的异乡人。

"你不能怪我"我默念着飞奔向对岸，它无谓的牺牲。

冰在身后节节追赶。我听见自己问，什么是时间？

"朝阳如露。"

什么是青春？

"一夕之间。"

什么是爱？

只听见永恒的沉默。

爱情细菌

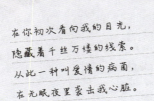

在你初次看向我的目光，
隐藏着千丝万缕的线索。
从此一种叫爱情的病菌，
在无眠夜里袭击我心脏。

你是那危险的病因。
一个十秒钟的吻里，
携带了八千万病菌，
它们也在呼吸里散播。

除此之外我的身体，
那七万米的血管里，
大概也因此而缺氧，
在血液凝固的瞬间。

我总是试图逃逸，
在这颗蓝色的小星星上，
这细菌总是无处不在，
除非我从未没有看那一眼。

悬崖上的星星

在夜里，天空有一颗星星，
在梦里，它是手心里的泪滴。
在梦里太阳升不起来，
在夜里太阳永远升不起来。
如果有天我遇见你，
我要告诉你，
这样无边的夜晚多像悬崖，
而我在等待踏空的时刻。
让想象的重逢永不出现。

阳光灼热

在屋子里劳作，

拿着打湿的毛巾擦着一切。

这些灰尘总以时间的客人自居，

不管白天黑夜，都在飘落……

无休无止地黏附于一切之上。

它们穿越整个宇宙，不请自来。

一滴水足够，

滋养一朵青苔。

如同寂寞起于一个念头，

并以爱情的名义，

长出很多的玫瑰花。

眼下花园里的花都被摘光了，

山坡上还有。

它们的香味被美丽的形状所掩盖了。

其实，我们起初是想要它的芬芳的，

到了最后却沉迷于它的颜色与寓意。

为了可以及时捕捉出，

一些稍纵即逝的感觉，

我又开始给你写信：

忍耐夏日烈日的照耀，

遭遇海边浪花的拍打，

在狂风中追逐着风筝，

或在尘世中被阳光灼烧。

但我却一直带着微笑，

写下你与玫瑰的故事。

海的碎片

凌晨时分，
一些梦进入尾声，
雨也刚好停了。

有人来过，
或者有故事发生过，
但窗外的马路十分寂静。

你的白昼，我的黑夜，
像光的鳞片，
散落在某处海面上。

海浪将我们卷入。
于是每次入睡前，
我们郑重道别。

种花

如果生命只有一天，
就来不及遇见你。
得有一个漫长的季节，
才能孕育一朵玫瑰，
要有一些阳光，还有月光。
要有一些蝴蝶，还有露水。
一切花朵都需要时间。

如果要爱上一个人，
得有许多个夜晚。
才能长出淡淡的翅膀，
走上一段距离，
穿过茉莉花开的长廊，
飞进他的花园里耐心等待。
直到黎明时分，他醒来——
在窗台发现那朵玫瑰。

或许时间：只有一天。
清晨他在爱别人。
那么傍晚你再去爱他。
夜晚时心属于谁，
那就全归于梦境。
或许一生，只有一个梦。
孤独又漫长。
只够种出一朵花。
却来不及摘下。

困兽

笼牢就在那里，原地不动。

月光落在身上，森林的树影，不停晃动。

而被关押的，也只是影子，蒙了灰尘。

因为是兽，甘于被困。

即使和他们，有着一样的长相，

一样的心。

致茨维塔耶娃

我想和你重新认识，
在某间咖啡馆里。
在植物遮挡住的玻璃门前，
在热的牛奶和咖啡香气中，
在你拥有过的书桌旁，
看一双瘦削的手书写出，
向夜色哭泣的诗句，
它们像羽毛落在长河里。

或者是，
在图书馆里，
自发黄的书页之间，
微风，
又捎你的希望吟哦。
望向窗口淡蓝的天空，
那刻如果你感到悲伤，
我也会流下眼泪。

在某本书的扉页，
短短介绍了你的一生，
每一句被流放的诗句上都写着：
爱和希望。
盛开的那朵郁金香，
陌生角度的某朵玫瑰，
自困顿生活之中零落的诗句。

纷飞的大雪，
将你凝固成白色的雕塑。
你优雅、脆弱、一碰就碎。
百年转眼间过去，
你的爱情与苦难，
就像香烟的灰烬被弹落在地。

伴随你诗句留下的许多日子，
在续在世界上某个书柜的角落里。
那一颗心在世上鲜活过，人们说，
你仍在某个黄昏的小镇生活。

我们也许会重逢

——致猫咪可乐

假如能梦见：温暖一间屋子里，
柔软的沙发和美丽的毛毯，
我循环播放的某首歌曲，
你竖起耳朵听，眼睛流露出好奇，
花瓶里还有滴着露水的香槟玫瑰。

假如我们在月亮或某个行星遇见，
生命短暂，请务必不要躲在角落。
当某个晴天来临，
带上你喜欢的毛线球。
假如在那里和你分享美味的罐头，
你仍旧会欢欣雀跃。

你又从门缝下伸出柔软的爪子，
你轻轻呼唤，我恋恋不舍，
我眼泪掉下来。
"喵呜，我把尾巴放在你掌心。"
假如月亮懂得，它就是星星。
那么在那一天在我们的新生里，
请求造物主让我们再次重逢。

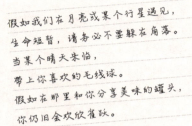

梦里烟波客

山又连水，白鸥逍遥。

烟波里。

前路漫漫长夜多。

梦里烟波浩渺。

江南大梦了。

而心依然爱你。

桥上芍药香，

醉里忘词，酒浇新愁。

难追忆。

相思红烛泪里流。

豆蔻年华虚度，

公子顾谁家。

樱桃芭蕉叶。

而听雨客船上。

似曾梦相识。

杨柳的裙角向风张开，

霓裳羽衣在月下起舞，

春潮带雨，

夜灯初起，

一片雪花向湖心飘落，

一支竹笛低垂下眉眼。

浪漫被秋永隔阻。

他在磨墨，动作缓慢，一纸孤独，

将要，书写下——

荞麦青青，

那年晦涩的梦，

那夜摇摇晃晃的画舫。

一个中年人

你的眼中曾有一个清澈的世界，
那时的你想必勇敢多情，不淡漠，
美酒，佳人，诗篇，全是澎湃的。
你奋力抵抗平凡，那时候你是少年。

后来任日子奔波，疲惫苦闷，
也从不甘当软骨头，
你总是战斗着，忙碌在疲劳的赛道，
不轻易服输。但你的心里已没有诗。

而今天，你躺下，夜晚有些安静，
时间有点漫长，静水流深，留下影子。
半生已过。谁在你的青春居住过。
此刻她在遥远的地方，还是你身边。

浣溪沙

一只乳莺初啼，
清风掠过绿荫，
你放下春船的缆绳，
荡漾，沿途所见皆青山，
波光，倒映出你绯红的衣衫，
从此去，蓬蒿遮蔽不住前程，
春光只随狂风漂浪。

行到杨柳岸就在此垂钓吧，
落花吹落、鱼儿将上钩。
美人下了小楼，酒快要温好，
三月芳菲里，宜一醉方休，
待你醒来，怕朦胧月下的草木，
又要沾湿三更窗纱。

繁花露浓，小庭满香——
一番春事，几代风流。
而我们本应肆意的人生，
兴许有人替我们活过，
在那许多的春天——
浣溪之上，越女晚归。

满目河山空念远，而你，没有停止漂泊。
只怜暮春时节见，怨恨杜鹃啼空山。
"如果我爱你，便从你的青葱年华起，
如果我爱你，便与芍药蘼庭芳"。

缘

佛说因果，无明明尽。

仙家说缘，妖魅多情。

爱起何处，终于何形？

大乔小乔已化作千堆雪，

莎士比亚写下十四行诗。

我们的梦，如破碎的亚欧板块，

在海水之中发生位移。

在一切有限中温存，

一眼，万年，千年，百年。

或，而今。现在。

目前。

兴许前生曾想过，今生爱你。

兴许在来生相遇，似曾相识。

来无期，唤无名。

不说因，即是缘。

某个傍晚

某个傍晚，天色晦暗。
感到已经失去他。
初夏的雷雨，突如其来。
他不再出现，暴雨敲窗。

像对一只流浪猫的善意。
我的爱，胆怯而踌躇。
看似要走向你的步伐。
只是擦肩而过的伪装。

不要以心或眼睛寻找爱。
爱一直在远离你而去。
相同的故事和相似的啜泣
只需一个夜晚便不复存在。

因为在许多的轮回里，
或许与他爱过又别离。
即令这是我们最后一世的相见，
而造物主早已对此心肠如铁。

搭地铁的猫咪

午后。地铁安检员发了个呆，
一只猫咪溜进闸口。
匆匆而过的列车，
通向远方的门，
令它两眼闪亮。

当一只猫决定旅行，
要鼓足天大的勇气。
它要赤脚走过滚烫的天桥，
避开喧闹的孩子们，
和一些不怀好意的石子。

有时在喇叭声中穿越斑马线，
有时在泥泞的途中晕眩，
忍受着无奈的饥饿口渴。
当它终于来到这地铁，
城市的列车也即将到站。

只差一扇门的距离，
就能去看看自由或远方，
可它遇到了那位一脸严肃的保安，
那扇开向希望的门徒然关闭，
那大手钳制了一只猫的梦想。

梦境

在某个院落里，栽竹子，
养了一塘池鱼。
我们用月季织的篱笆，缀满花骨朵。
你栽了一些五月开的芍药，
我建了一座亭子。我们在落日里
一起看绯红的云朵。

我斟茶的时候，你倒了一杯酒。
我们寂静依偎，并不看对方。
仿佛彼此也是天上的云。
在一个傍晚，好比共度了一生。

直到你肩上长出一双翅膀。
原来我从未遇见过你。
甚至没有同时在于某地。
是某个人选出了这个梦境。

找寻真相的人

真相和命运一样，遵从着守恒定律。

把秘密粉碎后埋在土里

也许很快腐烂，在春天之后甚至长出别的模样。

它们一直在消失，转化。

像白天和黑夜换在一起。

秘密总有很多很多。

充斥着善良和罪恶。

但是真相只有一个。

如果被孜孜不倦地寻找，

在旋涡之中，它将如万有引力滑向你。

他就有这样一双眼睛，

他是破除罪恶案件的警察，

总是能看破一切蛛丝马迹，

从蛛丝马迹之中还原真相。

新闻报道里他的故事感人、神秘。

但在身边的时候他却平平无奇。

我曾悄悄看向那双眼睛——

那里，有没有他的秘密。

在春天，仿佛听见了你

——再致猫咪可乐

轮回，是一个奇妙的寓言。
草木，风雨，微尘，河流，
得以在亘古不息的故事里流转。
在这个春天，我似乎听见你的声音：
那不是一封回信，而是一阵微风，
在一瞬息里我知道你的到来。

尽管，我给你写过信件与诗句，
已在那个渐渐被忘却的初冬寄出。
但你从来没有回复过我。
我们只隔着一朵花的距离，
这花朵，也许是我园中的月季，
也许是还在转世路上的白莲。

我知道世间万物对应着尽头，
每一晚都有星辰的光穿透宇宙，
把我们映照为微不足道的尘埃。
但我相信尽头也是另一个起点，
我们曾经分离在轮回中，
对宇宙来说，四季只是一瞬。
而此刻你正在穿越茫茫星海，
带着我对你的思念归来。

信

打开邮筒。
清理积压的信件。
它们如此久远。
信纸已经发黄。
邮票已经卷边。
盖着远方小邮局的印章。

是日已过，
年代久远。
写信的人，
写着写着就老了。
收信的人，
收着收着就忘了。

我是邮差。
那些孤独的信，
曾在我的邮袋里流亡。
有的邮箱已经堆满。
有的只能被塞进门缝。
有的信，从来没有人打开。

旅人

那个人在旅途之中，
似乎从不劳顿疲劳，
路过无比熟悉的人群，
陌生的月台和电线杆。

"火车擒住轨……①"

窗口翻开的书上倒影黄昏的夕阳，
有时候清晨醒来，看着日出。
每当他深夜难眠，便寄情于酒。

在那仓促的换乘里他爱过。
但他说被酒精麻醉后的快乐，
胜过一切人间的缠绵悱恻。

①注：徐志摩《火车擒住轨》诗中的一句。

在暮春的夜晚

上弦月只能挂在香樟树梢，
南方没有离别的杨柳，
只有茂密的三角梅和青草。

这是一个霓虹色的夜晚，
我们却没有饮酒。
在咖啡馆我们说起了诗句。

"满目山河空念远，
落花风雨更伤春，
不如怜取眼前人。"①

暮春的温柔在蔷薇花瓣上，
随着美人的裙角荡着秋千。
无端的惆怅蔓延了千年。

相思是最撩人的词牌名。
但爱情和春天总是稍纵即逝。
你我将要没入人海前。
正好饮完杯中的咖啡。

①注：宋代词人晏殊《浣溪沙·一向年光有限身》中词句。

十字路口的云

红绿灯在这儿停了两分钟，
我在晴天的树下徘徊，
树影落在我的发梢上。

那是初夏火红色的凤凰树，
我在午后的路边徘徊，
在一个十字路口我看见过你。

后来每到了这样晴朗的日子，
我就变成一朵白云去寻找你，
为了静静看清楚你现在的样子。

等到某天。
再次遇见你时，
我要变成落在你身上的雨点。

你的双眼

你的双眼看见过美好，
看见过罪恶和真相，
而目光仍然清澈。

不要轻易地说爱的人，
大都相信来生有灵魂，
我想你是这样的。

我们在尘世间辗转，
相遇如流云，
各自洁白，远在天边。

山仍是山

山是山，在你的右手边。
推开这柴扉，可以望见。
关上窗子，它便隐身成影，
寂静无声。

从前我们赶路风雨无阻，
如今出门只挑风和日丽。

我们逐渐善若流水，
曲婉多情，
而山还是山，棱角分明，
在此之间。

爱意如风起

叶子的掉落是因为风的摇晃，
还是因为万有引力，
一切，就如有玄机的谜语。
在某个地方总有谜底。爱意如风起。

云朵看似总在变换它的目的地，
有时变成绚丽的晚霞，耀眼地燃烧——
有时变成了阴霾天气，似在风中哭过。
有时成雨，滋润落叶。

当我们在某处相遇，
微风掠过之时——我们就开始摇晃。

你在天上变换方向，隐身于光。
我在一棵树上静躺，低声歌唱。
你说何时缚住苍龙，如日光不落，
我说待风吹来，终归大地。

读诗的人

我们在暮春的小路上踯躅不前，
尘土之中有去年梅花香，
在蒹葭苍苍的水边，
夕阳中的美人荡起秋千。
小径尽头的歌舞已经落幕，
藏身楼阁的人却不肯离开。

我们没有美丽的哀愁，
我们的伤感与温柔是古人溅落的一滴墨。
那些古老的诗句依然艳丽——
在春天的池水中荡漾出逍游，
如佳人回眸一笑的半生痴迷。

我们在牡丹亭畔听着故人曲，
在残垣之上追思婷婷的惆怅，
想起许多美丽的故事，
念起那些迤逦的情诗，
那些与我们无关的感伤，
就仿佛带了熟悉的花香。

含羞草的拒绝

一株含羞草，
一生至少被触碰两次。
一次是无意，一次是默许。
秘密开关就在靠近心脏的地方。

人们说含羞草是羞涩的少女。
它的花朵是粉红色的。
嫩绿的叶子十分纤细，
一片片如同羽毛，纤弱。

你曾经遇见过它。
一次是在雨天，你在花卉市场遇见它。
另一次你是误入荒野的路人。
其实你知道——
触碰一颗羞涩的心会怎样……

你弯着腰，低下头，
轻轻一碰似点在某人眉心，
它枯萎，退缩，拒绝了你。
你淡然一笑，转身走了。

当你走远，它重新张望。
粉色的心脏又再盈满。
在那些回避失望的瞬间，
它也许有过被爱的渴望。

难以落笔的情诗

因你未曾爱过我，
我们便不能相恋，
说不成梦话。
但在别人的诗句里，
那夜我就是在翻山越岭时，
突然遇到你的。

玻璃栈道

他们说，

欲望就像一条玻璃栈道，

架设在悬崖边上。

左边是绝顶的俯瞰，

右边是雨雾的云绕。

栈道的下方看似并无界线，

却凌空着十方涌动的人潮：

向上是挣扎着的攀爬，

向下是被透视的诱惑。

走向巅峰的岁月是漫长的，

滑落到谷底却只需一瞬间。

登高的人总是阅读无欲则刚，

却不再能体会蝼蚁如何活着，

直到自己也化作时代的灰粒，

才忽然望见悬于寒星的索道，

竟如此清冷寂寞。

凤凰木下的思念

看见凤凰木，
想起了一个人。
四月树荫落下羽翼，
我看见一个影子，
记忆里那眉目都好看至极。
但他和我遥远得像各在天际。

我种过月季、蓝雪和风信子，
我曾路过种满了紫荆的院子
和那辆停在树下的车子，
如果有一朵足够慢的落花
曾落在路过的人身上，
也曾落到我身上。

而如今风过四季，
拂过凤凰木细小的羽翼——
时间带走了我盲目的多情，
那些夜里寻我的诗，
只剩下乏味的断句。

凤凰花开，我停留在路口。
我想和他一起去看花。
凤凰花落，红色的火焰消失在天际。
他也悄然消逝在记忆。
只剩下隐隐作痛的思念。

125

难以被储藏的雨天

多想把那些雨水储藏起来。
记得那座低矮的泥土房子，
我们的村落唯一的老师，
在下雨的无数天里的一天，
雨水浸泡着我们的课桌，
我们仍在写刚认识的字。

多想把那些雨水储藏起来。
记得我妈妈撑着雨伞，
在笠桥中心小学门口等我和她的其他孩子，
那是初冬的小雨，
如果没有妈妈的伞，雨水该很冷。

多想把那些雨水储藏起来。
记得一个小雨天，
在中山路听那个男生唱张信哲的歌。
也记得在雨滴划过客车车窗的时候，
为高中生活的结束感到深深的孤独。

多想把那些雨水储藏起来。
记得那些和父母分离的日子，
我父母时常在雨天从深圳回家乡看望我，
总会觉得周围的景物特别潮湿，
家乡的小路也变得泥泞。

多想把那些雨水储藏起来。
记得曾经在雨天狂热地喜欢一个人，
在落满了紫荆花的树下看到了他，
真希望，他能在下雨天说爱我。
而这一切在记忆中已经变得模糊。

关于雨天我欠缺浪漫的剧本，
也许曾经储藏了许多的雨水，
又把它归还给了许多的雨天。

我想变成你眉毛上的雪花

我想变成一片雪花，
停留在你的眉毛上。
我在隆冬最冷的北风里降临，
如果你伸手把我抹掉，
我便变成另一朵雪花，
继续纠缠到春天来临。

我想变成你的泪水，
停留在你的眼眶里，
看看你喜欢这世间的什么模样，
这颗泪永远不要掉下来。
我还要变成你枕边的落发，
留在你昨夜的梦境。

第三辑

故乡，故事

（散文与小说选录）

梦中的故乡，醒来的城市，
流浪的童话，写给生活。

故乡

　　有人说，所谓故乡，就是身之所离、心之所向、魂之所放。以前，读萧红的《呼兰河传》的时候，曾被深深吸引，甚至觉得萧红笔下的故乡，也许是我前生的故乡，只是换了个时代，换了一些人物。有的事情，一旦变成了文字，反而可以凝固下来了，莎士比亚可以是一千个哈姆雷特之一，但故事中的哈姆雷特却不太可能成为莎士比亚。我的意思是，写作者总比阅读者要自由一些，而阅读者却比写作者更加有才华和想象力。

　　然而阅读者比写作者更高尚的地方在于，他们本来无须走进只属于某个人的记忆——曲折的羊肠小道。尤其是，博尔赫斯说，当你回忆起某个事物，你已经改变了它。当你写下历史，你也改变了历史。即使是一个普通人童年回忆中被自己所熟悉、定型，也会时刻变化着。

我时常感到，如果不趁着我对故乡还有一些书写的冲动，仅仅依靠偶尔的回想，只会越来越与真实的它背道而驰，彼此一点隐约的牵连总会随着时间的流逝飘散。

但凡一个人，关于自己的童年，关于父母家人，关于经历过的和回忆中的故乡，总是不能忘记的。当我难得地想起一生中后悔的事情，我的身上也不会像诗人张枣那样，落满了南山的梅花，而是陷入了零零碎碎甚至鸡毛蒜皮的记忆碎片里。

时常想，总有一天，我要写下关于故乡的回忆，哪怕是零碎的边角料，凑不成完整的故事，那也是我自己的回忆。在今夜终于鼓起勇气要将这个念头变成现实，代价不高，仅仅需要克服一个普通人吐露普通过往的羞怯。亲爱的读者，且容我再从头说起吧——

"笪桥"，我的故乡，一个小镇子，在粤北的一个边角处，在广东茂名地区以盛产黄瓜闻名。许多年来，它寂寂无名，偏安在广东省北部的 207 国道上，卫星地图上需要放大数倍，才能显示出它的名字。它也并非毫无存在感，只要检索一番，仍能呈现许多的信息——只是对于外界来说，它实在毫不亮眼。在我有限的写作生涯里从来没有和人再说起它，因此我很少在文章里提起自己的生活、父母家人，或者是故乡一类过于私人的事物与话题。

近年来，因为互联网的兴起和本地商家的营销觉醒，镇子作为"笪桥黄瓜干"特产地才有了少许知名度，我的哥哥和家乡一些年轻人，为它在百度百科上创建了词条，现在我对它的了解，都来自官方网站，和小时候的模糊理解可能相差甚远。目前这个镇子总面积94.6平方公里，下辖13个村委会和一个居委会，有152个自然村，总人口大概只有五六万人——记得小时候，妈妈告诉我全镇所有村落加起来大约有两万多人。

至今，人口构成大部分仍是本土的村民或者镇上的居民，极少有外来者，是一个典型的乡土熟人社会。过去我们在镇上生活的时候，我总是觉得我爸爸妈妈认识全镇的人，他们能说出很多名字以及他们背后的亲戚关系，走在路上也总能遇到熟人或者亲戚。小时候我经常去的村子叫作大水田村，里面有我的二姑妈一家，还有就是高朗村，那里有我的表姨妈一家，也就是我妈妈的表姐。我妈妈还有一个大姐和一个小妹，一个在隔壁良光镇，一个在湛江的某个小村庄。爸爸这边的亲戚主要集中在柑村这个村落，还有一个奶奶收养的姑姑外嫁在隔壁水洞村，此外还有一个很重要的我爸爸这边的姑妈，每年年初二我们都去她家吃"年例"（一种春节期间的宴请习俗），但我此刻忘记了她在哪个村。

小镇的镇中心只有三条街道，那时候唯一的两层楼高的圆形菜市场是小镇的商贸中心，第一层是菜肉市场，菜市场里面有固定的肉菜摊位，菜市场外一圈的道路，来自各个村落的农民们会挑着自家的青菜、蔬果或者鱼塘里捞的鱼在路边摆摊售卖；菜市场的第二层是售卖衣服和装饰品的摊位，童年时候，我们的新衣服都来自二楼。我还记得妈妈在这里给我买过一身于当时来说很洋气的彩色小西装。小镇的尽头接近镇政府的那条街道上有镇上的卫生院，还有一间书店，我画画的宣纸和颜料时常就是去那里买的。小镇还有一家叫作三味书屋的小书店，里面有漂亮的钢笔和文具，还有一些文化类书籍，在童年时的我们眼中，这家三味书屋是等同于奢侈品商店一般的存在，但我也曾经在里面消费过一两次，买了几支笔。

小镇的原住民就等同我眼中的"城里人"。因为我的家最初并不在镇上，而是在它所管辖的自然村落里——在这个镇子的最边角处，一个叫山涌村的地方，虽然它在一个小角落里，但距离镇上只有两三公里。我们村的总人口，一直以来都只有三四百人，现在变化也不大。"笪"的字面意思是一种用粗竹篾编成的晾晒粮食的容器，或者是牵船的绳索，有的地方它是一个姓氏。我们这里没姓"笪"的，估计是前两者其中一个意思，或者两者兼有。从我居住的小村子到镇上，要经过另一座村子。中途，确有一条极小的无名河流，架着一座小小的桥，这座小桥纯粹是供人们过河的工具，没有任何装饰，它最初是用石头搭成的，而后变成仅仅是一条水泥筑的桥，宽约两米，长约十米，只要跨过这座小桥，就意味从村落里到了镇上。

同样过了那座水泥小桥，八十米开外便是镇上的笪桥中心小学，现在已经去掉了"中心"两字，变成了笪桥小学，但仍然在办学，至今仍有二三十年前就在里面执教的老师，仍然在执教。前年的夏天，我的爸爸妈妈、哥哥、妹妹及我，回家乡时路过小学，走进去闲逛了一下，正好遇见老师们正围坐在校园里面一起吃饭——他们共事多年，亲如邻里家人，有好几个老师还能叫出我哥哥的名字，但是对我已经毫无印象，因为我实在过于普通。妹妹当年是学校里的尖子生，在这所小学读了学前班和一年级，但老师们也叫不上她的名字了。对于老师们，对于我们曾经的母校，对于我们的小镇，我们俨然变成了过客一般的存在。那一天，我们在小学新粉刷的彩绘墙边上拍照留念，在童年时就存在的水泥球场上回忆了一些往事——那时学校组织我们看露天电影，一毛钱一根普通绿豆冰棍，一毛五分钱却能有一根奶油冰棍的遥远年代——恍如隔世，也如昨日。

关于故乡这匹布，很长，就像在乡野小路上，漫无目的闲逛。我试着从童年时的求学经历回想，才勉强可以挑起一个线头。就从桥边的中心小学挑起吧。这是我的母校，但也只能算是第二任母校，我只在这所中心小学读过三年书——从四年级到六年级。而在更加名不见经传的山涌村里的村小才是我的启蒙学校。村里的学校很小，现在的中国，在脱贫攻坚成功后，也许已经没有这样小的学校了吧。

它总面积一共只有六十多平方米，是一座拥有一个厅子和两个房间的黄泥砖房，今天南方乡下偏远的村庄，或者还能零星看到这种泥屋子，但也很少了。我们村里这种泥房子，也只有不到十栋还没倒塌但已经被废弃多时。过去村小正在办学的时候，这三间房，有两间是教室。左边的小房间，是学前班的教室，右边的小房间不足六平方米，是村小老师的办公室，用来放一些简陋的教学用具。中间的房间面积最大的约三十平方米，一年级到三年级就在这个大教室集中上课，教室里有两块黑板，东面墙一块，西面墙一块。学校的屋顶下雨天会滴答滴答地漏水，遇到雨太大的时候，我们就自动放学了，因为在大雨天，屋顶漏下来的水会在屋内迅速积水，我们试过坐在雨水浸泡了一个手掌那么深的水里上课。

我们的村小教学规模小得名副其实，是 20 世纪最典型的农村学校。共设置有学前班到三年级的班级，有四个班，但学生加起来约三十来个。在当时，在村小读完三年级的学生可以申请到镇上读小学四年级。村小大部分时候都只有一个老师，他是本村人，比我父母小一辈，叫钟亚良，我们叫他"良老师"。良老师那时候是大好年华，刚刚三十岁出头，因为是本村人，所以他的心态极其稳定。在村小教书的收入几乎可以忽略不计，幸而一边教书，一边务农，因为一家人勤劳务实，他家的家境在村里一直不算差。此外，良老师的哥哥在村里开了一个小卖部，在九十年代，他们兄弟是我们村里第一批买电视机的人，我和哥哥小时候都到他们院子里看过电视。

至今，他们家开设的小卖部似乎仍然是村里唯一的小卖部——这也是我记不住村里其他人的房屋位置，但总会记得良老师家的方位的最大原因。我们这些人还是小孩的时候还喜欢在良老师家的楼梯上滑滑梯——只有他家的楼梯是水泥楼梯——但这些都是记忆中的事情了，隐约记得那个水泥滑梯也磕破了好几个顽皮小孩的牙齿或脸。

村小虽小，但对于学前教育来说，或也"五脏俱全"。村小的课程有三样，语文，数学，体育。语文就是教写字，数学大约只教到了乘法口诀。体育课，约等于活动课，基本上到了体育课时间，良老师就会带着我们一群小孩从黄泥教室转移到学校后山的空地上玩耍，一般都是让我们跑一会儿步，跳一会儿绳，然后就自由活动了。体育课上，我总和同伴一起在后山活捉金龟子这种甲虫，然后把它们带回家去玩。有时候，我们还会幸运地遇到镇上中心小学提早下课回来的小学高年级学生，这时候那些大哥哥大姐姐会教我们做镇上小学刚教的广播体操。记得有一个同村的哥哥是良老师的"得意门生"，从村小到镇上读书后的成绩中上，人也很有礼貌，他教过我们好几次广播体操。

在我读二年级的时候，镇上为了支援村小，曾经派来了一个很老的教师，是外地的，会讲一些普通话。他来的时候就住在学校右边最小的那间办公室里，那里阴暗潮湿，下雨天会漏水，那时候的农村用的都是井水，需要到很远的地方打水。记忆中，那位老教师只教了我们一个学期，也或者是一年，便申请调走了。我对他仅有的印象是他的背很驼，身材极其瘦弱，记忆中他模样很衰老、但没有白头发，也许也只是四五十岁的样子。衣着和那个年代的人一样，衣服没有破洞，但十分简朴，称得上寒酸。在这样的条件下，老教师连日常生活都没有办法保障，自然留不下，他们这些乡村教师的工资也是极其微薄的，他们也没有正式的身份——直到二十多年后的今天，良老师作为乡村教师才有了退休后追认的"编制"和一定生活补贴，一生的职业选择在晚年得到体面的回报。而村小在二十一世纪初也完成了它的使命，如今的孩子从义务教育一年级开始就可以到镇上读书了。村小的原址如今已经因为年久失修倒塌，早些年原址上还有一些黄泥和建筑杂物，如木材等，随着时间推移，已经重新长出了野花野草，变成了村子中间的荒地。

在我的父母还没决定搬家之前，镇上的中心小学对于我来说是一个遥远而十分向往的地方。虽然我们到了四年级就能升学到那里，但也有一些学生，仅仅在村小读完三年级，就不能读下去了——如果他们家中的大人不给予支持的话。说实话，我家也曾经交不起我和哥哥的学费。尽管这么多年过去了，我们一家和良老师的关系也一直很好，但是在那些年，我们交不起村小仅仅几块钱学费的岁月里，妈妈至今还记得良老师说过的一句伤人的话——大概是交不起学费的话就不要来读书了——但我相信那只是极其贫困的岁月里，他作为村小唯一的招生负责人无心而无奈的一句话罢了——那时候的村民，都极其贫困。

我记忆中的良老师一直都是极其负责任的老师，他也和许多人说过，我是一个聪明的学生。除此之外，他也很积极地带我们参与镇上的教学活动。还记得二年级时候，我们去参加一个全镇的小学生队列比赛。当然以我们村小的水平是排不上任何名次的。我们没有校服，有的孩子衣服上还有补丁，尽管踏步也不够整齐，但我们穿了很白的鞋子，都兴高采烈得像过节一样。现在想起来，在那人人贫困的艰难岁月里，有这么一个平凡的老师，年复一年，坚持带着三十多个学生，无怨无悔地、踏踏实实地尽自己所能去教导他们。他也许五音不全，没法教我们上正规的音乐课；在体育课上，也只能带着我们这群"小猴子"满山跑。但他用自己最大的心意去保护我们，去完成镇上的教育系统对他这一角色的安排，没有错过一次镇上统一考试的机会，也不卑不亢地带着我们集体去镇上亮相，我的心里还是充满了深深的感动。

如今，在我也成为一个中年人的时候，我更加觉得值得用最好的形容词来形容我尊敬的良老师。特别是某一年，忽然听到电视里有一个乡村小学的老师带着他的学生唱歌，唱的是清人袁枚诗句改编的歌——《苔》，"白日不到处，青春恰自来。苔花如米小，也学牡丹开"，音乐响起来，稚嫩的声音跟着他们的老师唱，十分感染人，猝不及防地，泪水便打湿荧屏外我的眼眶——事实上，不只是哭而已，我还深深沉浸在其中，因为歌词唱的是他们的故事，但似乎也是我的村小，我的老师。只是，我们当时并没有那么多的留守儿童，我们比这些希望小学的学生要家境贫寒，学校也比他们的更小，更破，但那个年代大部分的家庭都是双亲家庭，最起码也有父母的一方陪着孩子念书，这是唯一的不一样吧。

人的记忆是有翅膀的，它会一下子起飞到另一个画面里。直到一天，我也穿上了中心小学的校服，我的记忆好像马上来到了另一个春天，甚至另一个年代。

三年级的时候，爸爸在深圳承包了一个厂房围墙的小工程，赚到了他人生中的"第一桶金"，在镇上买了一个宅基地，在原来的房屋基础上加盖了两层楼。我们搬到了镇上居住，家就在小河边，也在 207 国道的旁边，更幸运的是，我们的家距离桥边的中心小学仅仅五百米左右。于是我比同村的小孩早了一年转到镇上的小学，在新的学校里度过了三年级到六年级的时光。中心小学虽然是当时镇上的"龙头"小学，但相对现在的小学来说，规模不大，全校学前班到四年级只有两个班级，五年级和六年级有三个班级。只有一个小操场，被设计成篮球场，但并不标准。全校有一栋教学楼和两栋学生宿舍，一栋是一层楼的平房，另一栋有两层楼，老师们在二楼住，镇上各村来走读的学生在一楼住。那栋有二楼的宿舍楼上有一间广播室，我在五年级时候曾给学校广播写过一些"文案"——主要内容是班级里的好人好事简讯。楼下有一个小卖部，我和妹妹的最大愿望就是攒钱到小卖部买一张港台贴纸。后来，又盖了两栋六层的教师楼，正是这两栋宿舍留住了不少当时的青年教师，从青年都暮年，他们把家和生活安在了镇上。

小学的主教学楼有四层，从低年级到高年级排到第三层。教学楼面向操场的地方有国旗旗杆。教学楼四楼是小小的图书室，藏书并不丰富，但对我们来说是一个"新世界"，我曾在上面借阅过一些漫画，如《七龙珠》《福音战士》《美少女》等，这是在村小接触不到的东西。

后面左边有一个种满芒果树与荔枝树的小园，这个小园大概三四十平米，旁边是一个厕所，它分为男女两间，每间有七八个蹲坑，这个厕所承载过很多同学的恐怖回忆，因为它的蹲坑之下是巨大的化粪池。据说有调皮的男同学掉下去过，但只是传闻。除此之外，我们的小学校园有两面向着马路，也就是207国道，另外两面则环绕着田野，在今天看来也算得上是风景优美。

在教学楼正后方是我们的宣传栏，也叫作学习园地，即两面高约两米，长约三米的墙壁，会定期举办学生画作或者作文展览等。学习园地的墙壁旁边，是两棵高大的白玉兰树。这是我最喜欢的一角，因为它关联着我小学生活的"高光时刻"——自然要一提的是，许多次，学校举办的画展，我的画作有幸被放到宣传栏里展出。一开始，我每学期向学校画展投稿的都是荷花，因为荷花的形状简单易画，用上水彩涂抹，又营造出看似能和国画沾边的韵味。

而更厉害的同学总会大胆临摹当时我们用的四年级第二学期的美术课本上的姜花翠鸟摄影图，至今我还清晰记得那副摄影图——大块的天蓝色背景，艳丽的蓝绿色羽毛尖嘴翠鸟，和一串诱人的白色姜花。有时候，同一个画展上会出现两到三幅翠鸟图的画，这时候，就有一些高下立见的意味了，我们会结伴去看展览，并且和同学们对展品品头论足，主要是看谁画得最接近美术书上的原图——和我哥哥同年级的一位学姐，就画得极好，她后来成了我在深圳大学的同年级校友，学的就是设计；还有我的一位学姐兼邻居，名字叫海英，也是画得极好的，她后来也读了大学，也学了设计类专业，毕业后入职了很著名的家居用品公司做设计，听说至今还在那家公司呢——其实镇上聪明的小孩，还是很多的，我的小学同学之中也有几个极其聪明的，我和其中一些在中学阶段还曾经在校园相遇过，但如今各奔东西，再也没有了联系。

因为受到的美术启蒙和培养较晚，我画翠鸟总是画得不生动，于是专攻别人所未在课本上看到的图案，荷花就成了我最为钟爱的临摹对象。而且画成之后，看起来也有那么一点神韵。期间我的哥哥迷上了写毛笔字，所以，中心小学的画画栏贴着我的荷花图，书法栏里贴着哥哥书写的"为中华之崛起而读书"。我妈妈很支持我们俩的艺术追求，其中最大的支持就是她出钱找镇上刻章的地方帮我们刻了篆体的名字印章。可惜我自己对画画一直都只是叶公好龙，虽然喜欢，却没有真心迈进门槛，只是想得到别人的关注罢了。如今，我和哥哥都没有成为画家或者书法家。

在中心小学度过的时光里，还有很多值得想起的好朋友，最敬佩的女生叫亚燕，是一个嘴角长着一颗小小的黑痣，看起来很温柔的女生，她总会从家里带给我很多好吃的，还教会了我踩自行车。还有小学毕业后的那个夏天开始熟悉的丹霞，也送给我一种很好看的花，我也放在家里种了许多年。还有一个叫麦琼的女生，她个子高高的，皮肤很白，在我们当中显得很突出，曾在小学合唱时候担任指挥。夏天的时候，我经常和我五年级时候的同桌去捡花瓣，我同桌叫李文兰，是其他村子到镇上读书的，她住在学校，每周末回家一次。是她告诉我许多学生宿舍才有的小学八卦，比如五年级时班上长得漂亮的女生小凤收到某个男生的小礼物，吓得哭了，慌忙还给对方。在三年级转学的时候，我也似乎暗恋过班上一位男同学，因为他收作业的样子很温柔，人也长得虎头虎脑，那时候的爱恋很强烈，每天很希望他来收作业，但这种盼望过了一个夏天就消失了。

我和同桌文兰同学在我小学毕业之后，彼此失去了联系。但是她送给我许多从她家里带过来的花的种子，其中一种是红色，她说是五星花，那是一种藤本植物，开花时候花朵是红色星星形状的，很神奇。一种是紫色的花，是茎生植物，后来我时常在城市的绿化带中看到它。我至今没有查找到它们的学名叫什么。这两种花在我家的院子里开了许多年，直到前几年爸爸找人修缮园子铺上了水泥，重新布置院子，种了好几棵橘红树。树木如今长势喜人，每年都能结出很多果实。小时候从邻居家讨来种的仙人掌也越长越高，远远超出了院墙，但同学当年给的花被完全拔光了。

虽然想谈论的是故乡，想起的却是点点滴滴的细节。以小学为圆周中间的圆点，就能看到很多很多的人曾经经过我的童年和少年时期。那时候校门口有两个卖凉拌米粉早餐的档口，一个卖排骨粥的档口，还有一个搭着雨棚卖一些小零食小玩具的老伯，人们把他叫作"青龙"，他是一个单身汉。我的一个堂兄小学时候有点调皮，别人说他经常帮这个老伯看档口换取小玩具什么的。后来这位堂兄却在四年级的时候意外溺水身亡，留给我心中永远的怀念。如果他还活着，应该已经成为我的同龄人——一个浓眉大眼、阳光帅气的中年人吧。因为他在我们几个小朋友当中是长得好看的。我刚上三年级的时候，我们家还暂时住在小村里，那时候我读五年级的亲哥哥已经会踩单车带人，然而他总是很不情愿载我回家。也许是我有点重，也许是回家路上太多土坡了。我大概是察觉过他的不情愿的。有一次回村路上，单车下坡飞快，我被甩落在地上，便故意大声哭喊，引来路边田野里正在干活的村民注意。从那时候我就有了哗众取宠的意识了，其实当时我只是擦伤了一下手，并无大碍。但我大吵大闹，在人来人往灰尘滚滚之中抗议哥哥的"无情无义"，让他再也不敢轻易嫌弃我。许多年了，我偶尔还会想想那个被自己哥哥嫌弃太胖太重的小女孩四肢朝天、赖在土坡上气鼓鼓地被看热闹的可笑情景，仿佛那女孩并不是我。

　　关于故乡的另一个线头，自然是我的父母。说起我的童年和我现在的生活，我也觉得如在梦里，似乎跨越了数个年代。事实上也是，我所经历的巨变，实际上也是祖国改革开放四十多年来的巨变。但在我的人生故事里，父母是巨变的源头。爸爸是一个农村普通木匠的最小的孩子，从小学习就很好，他在中学阶段尤其突出，数学、语文和物理的成绩都是在镇上名列前茅的。妈妈说，以前的学校颁奖，语文第一名是爸爸，数学第一名是爸爸，再颁发物理第一名的奖状——爸爸脸红了，因为又是他，又要到台上领奖。但是爸爸并没有上大学，他高中毕业后就开始考镇上的小学教师编制。第一年，他考了第一名。但是他没有去成，第二名也没去成，被录取的却是第三名。第二年，全镇又打算公开招考老师，一位当时的中学校长力排众议，说，不用考了，就找去年的第一名来可以了——于是爸爸就这样"破格"成了一名初中教师，又过了两三年，因为教学态度认真、成绩突出，他被调动到本地高中去教书。很多年后，爸爸仍然感激着那位老校长，当时他已经做好边干农活，边继续刻苦复习一年的准备，没想到校长的爱才和惜才之心，让他及时获得了一份正式的工作，有了微薄但能支撑自己生活的收入。

妈妈也是当时的高中生，比爸爸小一届，但同龄，妈妈比爸爸大了两个多月。高中毕业后，便有媒人来说亲。妈妈的手臂小时候受过伤，不能干太重的活，此外妈妈的娘家没有儿子，只有四个女儿。在以农活为主业、重男轻女的农业小镇上，这些条件成为妈妈在相亲市场上的劣势之一。虽然如此，妈妈也是一个心气高的女孩，她第一次见到爸爸的时候，判断爸爸虽然有文化，但是所在的村子到镇上交通不方便，爸爸家里也没有多少田地，爷爷家境是比较贫困的。但是爸爸却对妈妈一见钟情，为了得到她的芳心，想了很多方法，比如和她的同村同学打听好她的行踪，然后到镇上偶遇她。得知妈妈对他的条件不是十分中意，便给妈妈写信保证，他会努力学习当时的无线电技术、学修自行车和手表，总之他会在教学工作之余，刻苦学习其他技能，这样在以后能给她带来好的生活。寄信给妈妈的时候，他还特地用了印着市教育局字样的公用信封。带信的邮差不明真相，每次都带着羡慕的语气对妈妈说，看，市教育局又给你来信了……

在这样的年代背景里，我的爸爸妈妈就算是自由恋爱式的婚姻。因此他们的感情基础从年轻时候就一直比较牢固。将近四十年的婚姻里，爸爸虽然有过脾气暴躁的时候，妈妈也有啰唆和强势的缺点。两个人经常为了外在的人际关系而吵架，比如爸爸天生爱在财物物力上助人，妈妈觉得凡事应该以小家庭为主，自己都过不好的情况下不能去帮人，爸爸则认为他自有分寸，日常的助人也是为了他人帮助自己。坦率地说，也许是因为爸爸一直都是职场人，心胸会开阔许多，而他的付出也获得了别人的回报。妈妈则是围着家庭转，因为一直务农和照顾我们，没有出去工作过，存在比较典型的小农意识。但两人的主旋律是恩爱的、团结的。如今越到晚年，爸爸越是珍惜、宠爱妈妈，他已经学会克制自己，不再因为妈妈跟不上他的看法而暴躁，对于家庭的贡献，爸爸在经济上多一些，妈妈在育儿上多一些。我认为基本是平衡的。

这也让我深深感到，父母的感情往往决定一个家庭的基调。爸爸妈妈除了年龄相当，文化知识相当，外貌上也存在一定吸引力，性格的缺点是不一致的，但性格的优点是类似的，他们都非常勤劳爱家。年轻时候，他们一有钱就买树苗，在家乡的荒山野岭种了一批树木，几年后，售卖这些树木长成的木材，也成了我家的一个重要经济来源。他们成家后，爸爸继续在镇上教书，妈妈则在村子里务农。尽管妈妈那只受过伤的手臂仍然使不上力，但她每样农活都没有落下，我记忆中，家里种植水稻、黄豆、黄瓜、荷兰豆、胡萝卜等农作物，妈妈教会我很多种植的知识，这些也是她和她的父母辈学来的。耳濡目染之下，我知道了冬天的时候如何用草木灰保存黄瓜的种子，来年在什么时节揭开并种植它们；怎样在田地里开垦和种植幼苗。妈妈还教会我很多生长在乡野的草药，最早认识的且和它们学名一致的植物有钱寸草、夏枯草、四叶草等。

我是家里的第二个孩子，在妹妹出生之后，爸爸的工资收入开始吃紧。想尽办法养活一家人成了他最大的难题，在寒暑假，他会批发一些气球，还自制一些冰糖冬瓜条，到镇上去卖，以此帮补家用。但仍然入不敷出。听同村人介绍，湛江有生意可以做，爸爸便鼓起勇气辞职了，下海到湛江做生意，哪知道第一次被骗了，还经历了被非法拘禁。从此以后也和那个同村人结下了不愉快的死结。再后来，爸爸找到了一个在部队里的后勤单位养猪的工作。我们一家人短暂地搬迁到湛江。我在海边度过了两年时光，不过我现在毫无印象了。只记得在湛江居住的地方旁边有一口井，大人们说那口井是没有尽头的，可以通往地球外面。在湛江的日子，我们家有吃不完的饼干。因为爸爸有一个朋友欠了他一些钱，没有钱还他，但是那位朋友是卖饼干的，就时常给我们带饼干过来。

后来，我们还是从湛江回到了村子里继续生活，那时候已经是八十年代末了。我们重新回村里居住之后不久，我就开始在村小上学了。一家人的生活还在继续。我回到村里的时候，还保留着在湛江的习惯，喜欢把自己的饼干分给村里的小孩和大人，喜欢红色的蝴蝶结。但不久我就被村里的生活彻底同化了，我不再轻易把自己的东西分给别人，因为分完了就没有了。再后来，我凭借自己的"武力"成为村里的孩子王，身后跟着几个小跟班，村里的大人们变得有些怕我搞破坏，但并不当面批评我。九十年代到来的前夕，深圳设立特区的消息已经传到我们乡下，有部分村民到深圳、珠海实地了解后，开始回乡找同伴一起外出打工。爸爸和妈妈商议的结果是他到深圳去工作，妈妈带着孩子在村里生活。

时代的浪潮从这时开始席卷他们那一代人。爸爸到了深圳，从一个曾经的编制内教师变成了建筑工地上的小工，他曾经教过的学生，刚好是当时工地上的"大工"。为了多挣钱，他虚心向曾经的学生请教，很快也学会了砌砖。爸爸很能吃苦，他唯一的信念就是赚钱养家，为了多挣五块钱，他曾一天扛过五十包水泥。看过那个时期爸爸的相片，黑黑瘦瘦的。爸爸的经历颇具特区第一代拓荒者的色彩，简单来说，一个人的学习能力是伴随一生的。尽管身在深圳，他重新处在社会的最底层，但他总是善于留意他所能抓到的机会，很快学会了开车和打桩机技术，后来还自学了工程管理，靠着自己的人格魅力获得了工作伙伴的信赖和支持，最后和那个年代的许多建筑人一样，开始自己组建团队承接一些小项目。前文提及过，让我们一家从村里搬到镇上买地建房的"第一桶金"，就是这个时候攒下的。爸爸极其尊重和爱惜家庭，他独自在深圳打拼的时候，每过一两个月总会想办法回家见我们一次。此后，爸爸的收入逐渐增加，带着我们一家越走越远。

在我读初中的时候，爸爸为了结束两地分居，带着妈妈和弟弟妹妹搬到了深圳，弟弟和妹妹在深圳的小学开始读书。我和哥哥则一直在家乡的城市读完了高中，随后我考到深圳大学，哥哥考到了广东外国语大学。爸爸妈妈在这里买了土地，也在深圳建了房子。十多年前，我们一家人从故乡迁移到了深圳，哥哥和我也大学毕业了，爸爸妈妈把镇上空置了多年的房子卖掉了。爸爸近年来也开始回忆过去，并主动告诉我们更多他在深圳打拼的心酸史，虽然他是这股浪潮里的幸运儿之一，但那些在社会中打滚谋生的苦与泪，估计在他心里是难以磨灭的。今天我们藏身于互联网和深圳这座都市之中，但心里似乎离故乡更近了，所以爸爸和哥哥积极地参与家乡商会组织的活动，和家乡的人来往密切，他们被称为"新乡贤"。

被时代真正变成了异乡人的是我。在中年之后，思念故土的心情时常使我遗憾。我不断回想童年的一切，我又变成了村小的学生，穿着白鞋子跟着老师走过家乡的小山头和小河流到镇上参加比赛。我回想起儿时的同伴和衰老的故乡人。有很多次，我幻想着重新回到家乡镇上开一家小小的照相馆或者咖啡馆过日子。可如果一个外嫁女儿回乡生活是很奇怪的，而城市化的生活方式已经改变了我，我没有父母那一代人融入熟人社会的能力。在我将来逝世时，笪桥，那一个小小的熟悉的地方连同名字也将会从我的生命中抹掉吧，被遗忘即消失。

但也不必太悲哀，有人说，故乡的美丽和珍贵，正是从我们远离它的时候才开始显现的，即使是不能重归故里，也曾经在那里跌倒和生长过。到那时，如果故乡是一朵云，我也将是一朵云。我可以向着207的国道北飘去，而后化成雨水，没入家乡的小河，重新变成童年的小水花，如此往复，故乡和我，便永在一起。

洪浪北的秋

　　秋天，猝不及防地到来，第一缕风是极温和的。秋天的宝安洪浪北，街道两旁依旧翠绿。灌木丛是墨绿的，木棉树是褐绿的，开满浅紫色花朵的紫薇，逆光的枝丫是浅绿的。秋天似乎喜欢在这样的夕阳里悄然抵达南方。

　　有人说，秋天就像一生中的三十岁。说这话的人面容也是青葱的，但只要混迹到更青葱的少年男女里，却像一缕惹动斜阳的秋风。在某一次归家的路上，在某个天黑天亮的瞬间，时间悄然带我们抵达下一个站点。在夜幕下的地铁站口，人们鱼贯路过身边，你看不见那些随着生活洪流悄然流失的岁月与理想，但你能看到夜色中的洪浪北，灯光点燃了宝安区的小角落，许多蝴蝶落在那里，是城市的魅影；又像是秋色悄然飘舞，如掌灯的少年。

我常常沿着前进路走到洪浪北，尤其钟爱在秋风乍起时节的夜晚走走停停，体会一路喧嚣之中的宁静。从新安公园到达灵芝公园，就像从夏天走到了秋天，蔓延的绿色，就像耳机里的音乐一样流动起伏。

　　前进路的咖啡店，一定要开到下一个秋天。我总盼望着，那些藏在绿色植物中的小屋，一定要在每个夜晚亮起如星星一样的小盏灯光。这样到了深秋，即使街上的风变冷了，行人心里依然有暖意。不要让它们像一朵朵玫瑰，凋散在某个角落里。这样，前进路的夜晚会变得赤裸，秋天也不再适合恋人彼此踮起脚尖，在一片两片的乔木落叶下亲吻额头。而我的心也不再悸动。在咖啡馆的角落里，我像某本小说里描写的人物那样，总是望着窗外的夜色沉默。

　　年华纵然残酷，特意要去留存某一张面容，如同捡起一片落叶，夹在还没看完的书本里。心里还会祈祷：伟大的时间，是谁在掌管着，让你穿过人间的春花秋月？留存世上无数哲人的慎思，却仍然笑纳凡人的患失患得。

　　来年的春天，日历本又复满满厚厚的一本。还没有到期撕掉的日子，都是将要萌芽的枝丫，每一片叶子都有相似的轮廓，就像每一朵飞溅的浪花都有海风雕塑的痕迹。

洪浪北，你们到过吗，知道我曾在哪一个角落里吹过这一缕秋风吗？或许就从一本名不见经传的书本里，来自洪浪北地铁站的人潮，伴随我静静地穿越过这座城市。

然而，我们并不会相遇。歌曲里唱的，春天该很好，你若尚在场，而在我看不到你的夏天、秋天、冬天，叶绿时总有骄阳，叶落时总有斜风。而前进路的咖啡厅，在绿荫里生长出许多记忆，或者还有诗、有歌，在一杯焦糖玛奇朵咖啡的甜泡沫之上，如波纹漾开的心。

我忽然怀念了，在这条街上曾经一起并肩走过的人，他们已经消失在时间的尽头。原来刹那的心动，不过是一个季节的变幻，还是被风吹散过的发香：爱情到来，爱情又回到人海。这正是叶子掉落的缘故；时间的重力，正是沿着某个方向坠落，而去追寻属于它的秋季。

我于是流连在洪浪北的人群之中，并祝福它：骄阳挂在它四季葱郁的枝头上，而以此往返的人潮带着浅浅的微笑，以春风书写他们的页页年华。细浪纷纷，春风似来时，秋月如归时。

圣诞树与紫菜苔

（本文首刊于 2015.12.06 宝安日报《打工文学》周刊）

　　于小刚醒来时，眼里全是泪水。他身旁的妻子敏敏不知道什么时候也醒来了，正睡眼蒙眬地看着他，嘴里似乎在嘟囔着，"该去做早饭了。你，怎么了？"

　　"我梦到……"他一开口就立刻打住，这个刚结束的梦境甜蜜而复杂，更重要的是，他只能在妻子面前深藏起这段回忆。这些回忆，在他醒来的几秒钟之内，不但没有消失，反而像电影胶片一样，在他眼前不断重播起来。

　　敏敏起床去做早饭了。于小刚又重新躺了下来，闭上眼睛独自沉浸在自己的梦境里。在梦里，他过往的人生鲜活起来，像春天的枝丫，萌芽、舒展着层层的希望，又像夏天的傍晚，湿热、躁动，使人满怀冲动。于小刚慢慢坐起来，跟着自己走进了梦境——他穿着正式的燕尾服，走到中学礼堂的舞台上，在一张黑色的椅子上坐下来，随手演奏着一首动听的曲子。礼堂里灯火通明，然而，偌大的观众席上，只有一位少女在聆听他弹奏。

是一首关于圣诞的曲子，礼堂里，也应景地布置着一棵高大的圣诞树，树上系满了金色的铃铛，然而礼物还没完全挂好——它们被散落在地上，每个礼物都有美丽的包装纸与飘逸显眼的大蝴蝶结。在他不断重复的节奏里，少女的视线始终没有转移过，他们沐浴在明亮的舞台光线之下，两个人的脸上都有一层被光线折射的淡淡的绒毛，是两张青春的面孔，而他也看清了——那是十七岁时候的自己，与十七岁时候的林子璐。

"你知道吗，我到现在还一直认为，梦想会让我们的生活出现奇迹。"他喃喃自语，"我最大的梦想，就是你。"

"我？"敏敏走回房间，看到丈夫依然在床上发呆，不由得上前摇了摇他的胳膊，于小刚回过神来，这才发现她已经洗漱完，梳了一个整洁的发髻，穿上了职业装。

"是你，不过实际上，也并不是你。"于小刚走下床，垂头丧气地说道。

"别磨叽了，赶紧起床上班去，早餐在桌子上。"敏敏摇了摇他的胳膊，"对了，今天是平安夜，爸妈从山东寄了一箱苹果给我们。刚来电话说寄到你以前的住址了，你下班后回去拿一下。"

"不就一箱苹果吗？今天下班后还有两节钢琴课兼职，明天再去拿吧。"于小刚无精打采地说着，走出了卧室。

"我说你这人能对家里的事情上点心吗？老两口不就是赶个平安夜的时髦给咱寄的苹果吗？明天拿回来还有什么意思？节日都过完了！"敏敏开始有点生气了，但她依然有条不紊地往脸上扑粉、擦腮红，片刻之后，她收拾完毕，看起来容光焕发，整一个无可挑剔的职场精英形象。

敏敏是一家玩具外贸公司的销售经理，标准的女强人，收入比在小学里做音乐教师的于小刚高出一大截。两人的结合，一半基于双方父母对大龄青年的逼婚政策，一半基于两人对相亲都厌倦了，一拍即合，组成了这个在外人眼里显得女强男弱的家庭。一开始倒也琴瑟和弦，敏敏善于把生活安排妥当，而带着文艺青年气质的于小刚，有时候会营造一些浪漫的氛围，两人家中常有鲜花与葡萄酒。

只是时间久了，两个人的个性差异终究还是显现出来。于小刚喜欢电影、音乐，周末会去图书馆安静地泡上一个下午，但敏敏却觉得这些索然无味，业余时间更愿意和客户一起到户外爬山、钓鱼，或者是与一帮闺蜜去唱歌、跳舞。眼下，结婚三年了，两个人依然没有要孩子，敏敏的理由是处于事业上升期。而于小刚，其实对照料一个孩子并没有太大的信心。

"平安夜，干吗非要吃苹果呢？"半小时后，于小刚也出门了，一边纳闷地想着，一边挤上了地铁。地铁里，有许多男士一手捧着鲜花，一手拿着礼物。这也正常，现在人们热衷于过平安夜、圣诞节，因为都把它当情人节过了，为年轻男女多找出一个约会的理由。结婚以来，敏敏倒是对礼物这些小事不上心，她总是大大咧咧、风风火火，不似其他女人一样爱撒娇。

也许，正因为今天是平安夜，所以，在早上睡醒前到现在的一段时间里，许多一直围绕着他的记忆开始苏醒了，就是这种感觉，许多年来，他都有意识地把林子璐在自己脑海中藏起来。

林子璐早已经从他的生活中消失了，他不记得是什么时候。是大学毕业之后吗？还是更早前，高中毕业的时候，两个人已经失去了联系？他记得那令人悸动不安的青春时期。那时候，他喜欢躲在教室最后排的座位上安静地看书，乔治·奥威尔、川端康成、马克·吐温……在少年于小刚心里流淌着这些人的思想与语言，他最美好的梦想便是成为一个作家。

直到那一天下午，他无意中走进了学校的大礼堂，那里正热闹地为即将到来的圣诞节排练着节目。人群中有一个身穿白色连衣裙的女孩一下子引起了他的注意。那女孩长得眉清目秀，瓜子脸、杏眼、樱桃嘴、挺直的鼻梁、白皙小巧的耳朵，总之，于小刚纳闷好看的五官怎么都在她脸上聚齐了，以至于他只看了一眼，就觉得耳红心跳。

多少年后，他依然记得，这个叫林子璐的女孩走到钢琴前的动作多么轻灵优美，像一只高贵的白天鹅。礼堂的灯光似乎全落在她一个人身上，她的侧脸上被光折射出一层细小的透明的白色绒毛，她的神情随着音乐渐渐饱含深情，弹到动情处，长长的眼睫毛像蝴蝶翅膀一样微微合上，陶醉在琴声里。

少年于小刚的心里泛起了阵阵波澜。乔治·奥威尔、川端康成、马克·吐温……这些遥远的偶像，远远比不上林子璐落在黑白琴键上修长的手指，那些音符跳动在她的手里，勾起了于小刚的另一个梦想——如果能够和她坐在一起弹钢琴，将会是多么美好的事情。

于小刚一边痴痴地想着，一边弹奏着钢琴。

"老师，你弹错了，今天的课程计划是《卡农》，不是《献给爱丽丝》。"学生的提醒，让于小刚从回忆中醒过来，原来，他不知不觉奏出了林子璐当年弹的那首曲子。

走出学生家门，于小刚长长地舒了一口气。口袋里的电话在震动，是敏敏。

"做完家教了吧？记得把苹果拿回来，还有，回家的时候到菜市场买一把紫菜苔。晚上我做饭给你吃。"

"好。"于小刚简单地回答，挂掉了电话。他走到学校附近的菜市场，买了一大把紫菜苔，然后走到公交车站等车，打算去以前的住址拿苹果。

也许是节日塞车的缘故，公交车一直迟迟没来。百无聊赖的于小刚，第一次看着旁边的广告牌。忽然，一个意想不到的事情出现了，林子璐竟然出现在广告牌上。

于小刚揉揉眼睛，好确定自己是不是在梦境中。没错，那是林子璐，她身穿着白色的连衣裙，瓜子脸变得稍微圆润了一些，身材也变得更加凹凸有致，除此之外，她和过去没什么两样，还是如同少女一般纯真而美丽。广告牌上赫然写着：文艺女神林子璐将来中心书城签售新书。

她变成作家了？于小刚再次惊讶了，她，不是应该成为一名钢琴家吗？他苦笑着看着自己练琴练出了茧子的双手，当年，为了接近林子璐，他在高二的学期末，正是高考复习前夕的关键时刻从一名文科尖子生，毫无音乐基础的他，吃尽了苦头、软磨硬泡，转到了音乐特长班。

于小刚在二班，与一班的林子璐只隔了教室的一堵墙。他甚至能辨认林子璐的脚步声，每天清早，林子璐总是很早就到了教室温习功课。于是，爱睡懒觉的于小刚也养成了早起的习惯。

然而，于小刚甚至都来不及和林子璐搭上话，就听闻同学们议论：音乐二班的"女神"林子璐不声不响地转学走了。连电视里最狗血的生离死别的机会都没留下给他们。于小刚无助到只能在上地理课的时候对着欧洲地图发呆了，整个人失掉了魂。同学们说他的魂魄被禁锢在格林尼治世界了。

"你的梦想是做一名钢琴演奏家，那么我将追寻你的脚步，虽然结果不一定能再见到你，但是在这万千消息隔绝的时候能向你靠近一厘米、一毫米就是我现在唯一的盼头。"于小刚并没有回到文科班，而是继续走上了追寻林子璐的音乐梦想道路。也许有一天，林子璐能在舞台上看见他的身影呢？

然而现实不是偶像剧，于小刚的天赋毕竟有限，加上学琴晚，在付出更多努力之下，也只是勉强考取了一所普通的师范院校音乐系，毕业后成了一名小学钢琴老师。

文艺女神？林子璐成了作家？于小刚似乎又想起了曾经那段没有来得及开花结果的暗恋与他年少时候的梦想——成为作家，那曾是他最大的梦想，没想到林子璐帮他实现了。

"请问，中心书城怎么走？"一个清澈的女声在身后响起，于小刚条件反射地回头。奇迹再一次出现了，林子璐，竟然站在他面前，身上，正穿着广告牌上的白裙子，面容也如广告牌上的一般美丽，她留着乌黑披肩长发，手里拎着一个粉红色玫瑰手包，气质优雅飘逸。

"往前面左拐进地铁口，从地铁通道 D 出口走出去，就到了。"于小刚低着头回答，心怦怦地跳。

"你是，于小刚！你还记得我吗？我是音乐二班的林子璐。"林子璐轻呼道。

"你认识我？"这次，轮到于小刚惊讶了。

"你是高中时代有名的才子，很早之前我就注意到你了。"林子璐轻声说道，白皙的脸上居然泛起了一丝红晕，"我估计你当时是才高气傲的人，不然怎么会从文科班转来学音乐呢。"

于小刚一时不知道说什么好，他很想脱口而出告诉林子璐，他转了专业完全是因为她。但他忍住了，林子璐的话让他有了一丝自信，原来，他也曾经是受过瞩目的人呢。

"这是什么花？"林子璐注意到他手中的紫菜苔，好奇地问道。于小刚心想，这么多年过去了，林子璐果然还是不食人间烟火的"女神"，这是菜，不是花啊，但是他没有说出这句话。眼下，他不自觉地像捧着一束名贵鲜花一样捧起了这束紫菜苔，完全不像在拎一把菜。腰也暗暗挺直起来，看起来，多了一分绅士的味道。

"我也不知道品种，只是觉得好看，便买回家去装饰。"于小刚听到自己矫情地说道，"你是去中心书城开新书签售会吗？我，刚刚看到广告牌了。"

"嗯，但还有一个小时才开始，你介意和我一起喝杯咖啡吗？"林子璐邀请道，于小刚自然无从拒绝，这不是梦境，是真实的长大后的林子璐就站在眼前，而她，居然还记得他。

"好啊，这杯咖啡我已经等得太久了……"于小刚说道，脚步已经跟着林子璐进了地铁口的咖啡店。

咖啡店里放着轻柔的音乐，于小刚听着对面的林子璐讲述着自己高中随家人转学到国外生活的点点滴滴，以及自己放弃了音乐梦想，付出许多心血努力终于成为作家的经历，她的表情时而严肃认真，时而又露出一些小女生一样的坚强不屈，他看着她，不觉眼眶红了。

"你知道吗？那时候我最羡慕的就是你了。人长得那么好看，又会弹琴和跳舞，看起来像快乐的天使。"于小刚衷心地说道。

"哦，其实，我从小就被家里人送去学钢琴、学芭蕾舞，一直都希望能够有时间做自己喜欢的事情。中学时候，有一个午后，我从学校的花圃路过，看见你在一棵树下看书睡着了。那一刻，周围很安静，风很轻，树很温柔。我一下子被打动了，我想马上回家砸掉钢琴，只为了写一本书给树下的少年看。"林子璐看着于小刚，缓缓地说出了曾经的心事。

"这么说，我们……"于小刚心里像被闪电击中，我们，都曾为了对方放弃了自己的梦想。但他及时改口，"我们那么早就认识了对方啊。"

"你现在，还是一个人吗？"林子璐试探着问，她白皙的脸庞再一次被红晕染上。

"我……嗯，我……是一个人。"于小刚尴尬地说道，不由自主地撒了个谎。

"那，今晚的平安夜，你能陪我一起过吗？"林子璐低着头，轻轻问道。

"这……嗯……"突如其来的幸福，让于小刚觉得晕头转向，他看向林子璐洁白的脸庞，那曾经如天上明月，可望而不可即的美丽人儿，竟然变得触手可及。

"我要赶去新书发布会了。今天晚上八点钟，中信城市广场门口见。"林子璐微笑着起身，优雅地和于小刚道别，轻轻地握了一下他的手，那修长而柔软的手指轻轻拂过于小刚的手背。他想起了当年礼堂里，她飞舞的手指滑过黑白的琴键。

"嗯……"于小刚点了点头。

"你不打算，祝贺我新书上市吗？"林子璐看到他晕头转向的激动样子，打趣地问道。

"我，对不起，我这就去准备礼物。"于小刚连忙说道。

"不如，就送我这束花吧。"林子璐说着，拿过了于小刚随手放在座位上的那束紫菜苔。说来也奇怪，紫菜苔拿在林子璐手里，显得非常名贵和美丽，看起来，真的像一束稀有的花朵。

"别……"于小刚还没来得及阻止林子璐，她已经带着那束紫菜苔走进了会场。

于小刚在路边的花店买了一束红玫瑰，想把紫菜苔换回来。等他赶到会场，远远地就看到，售书大厅涌过来一股人潮，已经密密麻麻地把林子璐包围在其中。这才想起，他过于紧张，居然没有留林子璐的电话。

于小刚只好蹲在书城后门的台阶上耐心等着活动结束，不一会儿，口袋里的电话又在震动了，不是敏敏是谁呢？

"喂，你到家了吗，苹果拿了吗？"敏敏问道。

"没呢，苹果什么时候拿都是苹果。"于小刚有点不耐烦，"明天再回去拿吧！"

"那是爸妈的一番心意，你这人怎么一点都不懂人情世故。要是今晚拿了回来，我们一边吃苹果，一边拍个照片给爸妈看，他们得多开心啊。总之，你今天必须去拿回来。"电话里，敏敏依然很强势。

"不去，就不去，我今晚约了朋友，男的，想在外面吃个饭再回去。"于小刚在心里排练了几次，终于鼓起勇气说出口。

"于小刚！这几年来，逢节日你都不送礼物给我就算了，今天，我就让你拿爸妈寄来的苹果回家，这么一个要求，你都不能答应，居然还找借口不回家。你心里还有没有我，这个家，你还要不要了？"敏敏在电话里终于发火了。这倒是很少见，因为敏敏虽然强势，却一向都很理智。

"老婆，你怎么了……"敏敏的异常，莫名地让本来心不在焉的于小刚感到心慌了。平心而论，敏敏为这个家付出不少，她性格开朗，处事成熟，别的不说，每次过年回家，总把七大姑八大妈招呼得服服帖帖。

"我怀孕了。"敏敏平静下来，叹了口气说道。

"老婆，你，你怀孕了……"于小刚手中的玫瑰花滑落在地，这个消息来得凑巧。他使劲地拧了拧自己的脸，和林子璐相遇开始，他就怀疑自己一直在梦中。可是，脸被自己拧了之后一直生疼，是真的，所有的事情都是真的。

"嗯。"敏敏的声音终于柔和了。

"你在家里等我，我回去给你做饭。"于小刚声音发抖地说完，挂掉了电话。书城内的签售会依然在进行，后门的台阶两边，装饰节日的圣诞树上，挂满了闪闪发光的彩色礼物盒，像许多等待人们采摘的梦想。于小刚搓搓手，呵出一口气，看着它变成了一阵白烟，天冷了。

他捡起散落的玫瑰，把它们整齐地轻放在书城台阶上。也许，这些玫瑰不久后会被人踩碎、风干，也许会被某双白皙修长的手爱惜地捡起，拿回家，放在花瓶里养着。但，玫瑰毕竟不能替代紫菜苔。

"我以为爱情可以填满人生的遗憾，然而，制造更多遗憾的，却偏偏是爱情。"于小刚学着戏剧里的人物，说完独白，叹了口气，转身挤上了往旧寓所的公交车。

蝙蝠小姐的第 11 个婚礼

　　在这个被命名为"琴"的半岛上，有一座叫作维尔斯的繁华城市，这里有金黄色的沙滩，还有热闹的赌场、游乐园、音乐城墙，如同一个梦幻的童话王国，又是人们寻欢作乐的理想之地。

　　这里还有一个全世界最豪华的婚纱店，出售着各种各样美丽的婚纱。它有着由水晶制作的美丽橱窗，几乎每个婚纱设计师的梦想，都是在这里展出和销售自己的作品。

　　这座美丽的城市，被一个蝙蝠家族所掌管。蝙蝠家族的统治者们很富有，也很亲民，每到夜晚，他们就会活跃在大街小巷，在寻常百姓之间寻欢作乐。但几百年来，没有人进入过他们的城堡做客，即使是远道而来度假的贵族们，也只能在这座城市的酒店里下榻。

　　一个凉风习习的晚上，蝙蝠家族的米莎小姐来到了婚纱店。婚纱店员正打扫店面，准备打烊呢，忙了一天的她哈欠连连，但这位难得一见的尊贵的客人让她马上精神一振。

蝙蝠小姐指了指橱窗里的婚纱——这套婚纱由一千朵白蔷薇的花瓣编制而成，裙摆上面还点缀着用珍珠贝壳做成的闪闪的亮片，走路的时候，用洁白轻盈的天鹅羽毛制作而成的长长拖尾会发出沙沙的海浪声，与之搭配的，是一顶由九十九颗白色珍珠和一颗粉红色钻石制成的星形头冠，华丽而精致。

"这是身价最昂贵的婚纱设计师莉莉安设计的最新款，全世界只有限量的两套哟。另一套在一个月前已经作为冰雪王国公主的结婚礼服被预定下了。听说穿上这套婚纱会让人感受到结婚礼的幸福，所以设计师把它命名为幸福之吻。"婚纱店的店员边为镜子前的蝙蝠小姐整理着裙摆，边热情洋溢地介绍着这套精美绝伦的婚纱。

蝙蝠小姐听罢，重新走进了试衣间，换了另一套婚纱。这套婚纱简洁极了，它的裙身用纯白色的石竹花编织，看起来像月光一样柔和，裙摆是用褪色的紫鸢尾花与薰衣草制作而成，这套婚纱搭配的头冠，镶嵌着一颗颗泪水般通透的白色水晶。风吹过来，这件婚纱会散发出花草的清香，就像在月光下的花园漫步，只是那香气也隐约透着泪水的味道。

"这是一位不具名的婚纱设计师派助理送到我们店里出售的作品。在这世界上大概只有一件吧，制作这件婚纱还必须要采集初升月光下的石竹花，滴过恋人泪水的鸢尾花，还有雪湖深处埋藏的水晶石。它的名字叫作……"店员继续介绍着。

"永恒与绝望。"蝙蝠小姐微笑着地打断店员的话，"就要这套吧。"

蝙蝠小姐订购好礼服的第三天，她的婚礼如期举行了。前来观礼的人，有她的祖父母、父母、数十个兄弟和亲戚。他们为了这次婚礼，特地从世界各地回来，聚集在午夜的蝙蝠城堡。

这是蝙蝠小姐的第十一次婚礼，上一次婚礼，在四十年前——那时候，蝙蝠小姐也和现在一样年轻美貌，父母也如现在一般年富力强，生气勃勃，祖父母也笑容可掬，行动稳健。

是的，这种令人梦寐以求的生活，已经在蝙蝠家族延续了好几百年，永远相亲相爱，不会老去也不会再增加的家庭成员，还有令人羡慕的不断增加的家庭财富。作为蝙蝠家族中象征美貌与年轻的一员，米莎小姐能随意拥有世界上最好的一切，包括最优秀的恋人。

只有一个遗憾，她总是看着自己钟爱的恋人老去，即使尝试许多办法，依然无法挽留恋人们的衰老，最后，看着他们白发苍苍而后离开这个世界。

"或者，你可以找一只不会变老的蝙蝠结婚啊！"每当蝙蝠小姐伤心欲绝的时刻，她的父母总是规劝道。然而，她下一次爱上的，依然是平凡的人类。她还记得她第一次爱上人类，已经是好几百年前了。

那时候，维尔斯还只是一个人烟稀少的古老岛屿，冒险家的船只碰到了暗礁，又被夜晚的海水冲上了沙滩。蝙蝠小姐第一次见到他，他正奄奄一息地躺在沙滩上，她急忙找来淡水让他喝，正好对上了他温和的目光。

冒险家喜欢海浪与阳光，但蝙蝠小姐只能在黑夜里出现，所以他们总是在夜晚的篝火旁约会。他给蝙蝠小姐讲航海的路线，远方的城市和人类的日常生活，蝙蝠小姐常常趴在他的肩膀上，听着听着，就睡着了。

"现在，如果时间能静止多好。"甜蜜的蝙蝠小姐对自己的冒险家恋人说道。

"这个世界上，一定有让时间静止的办法。我的梦想就是寻找永生的秘密。"冒险家充满信心地说道，"我的探险地图从来不会欺骗我，现在，它已经把我指引到这里。"

"如果你找不到呢？"蝙蝠小姐担心地问道。

"那我将继续前往下一个岛屿。"冒险家坚定地说道。

"不可以为我而留下吗？"蝙蝠小姐试探地问道，冒险家犹豫地摇摇头。年轻时，谁都会有比爱情更重要的梦想啊。

但冒险家还是留下来了，他和蝙蝠小姐举行了婚礼，他们在一起生活了很久很久。

许多年后，在这个岛上一无所获的冒险家再次出发了，这时候，他的头上已经开始长出了白发，而蝙蝠小姐依然还是那样年轻，就像，几十年前他们初次见到时一样。

"等我找到永生的秘密，我一定会回来找你的。"他微笑着和郁郁寡欢的蝙蝠小姐道别，然后划着他的小船重新驶入大海。

如果我告诉他永生的秘密在这里，他是不是就能留下来？蝙蝠小姐心想。

冒险家在大海上航行了许多年，他把每天的日出都画下来，他还用洁白的海螺收集了许多美人鱼的歌声。他想，等到再次见到蝙蝠小姐的时候，就把这些礼物送给她。

又许多年过去了，这座有着美丽沙滩的半岛吸引了越来越多的异乡人。直到，航海时代结束。冒险家一直都没有再回来，依旧年轻的蝙蝠小姐逐渐爱上了别的年轻人。他们有的是画家，有的是商人，有的是水手，也有曾经一位，是走钢丝的杂技演员。只有一点是不变的——他们都和冒险家长得那么相似。

"你一定不知道，永远活着是多么寂寞。"尽管他们都那样爱她，可是他们也会变老，然后离开她。

蝙蝠小姐擦干眼泪，穿上如月光一样美丽的石竹花与紫鸢尾婚纱，戴上晶莹的水晶发冠，她镶嵌着蓝色钻石的高跟鞋踩在玫瑰花铺成的红毯上，慢慢走向礼台——

一只洁白的海螺静静躺在那里，还有一卷被海水腐蚀了几百年的古老画卷——那里有她从没看过的一千零一次日出。

花妖与僧

深山，破旧古刹，一位面容清秀的年轻僧人躺在花树下。一片粉红色的花瓣，飘落在他的眼睑上，花上的露水，打湿了他长长的睫毛。他张开双眼，黑白分明的眼眸，发出温润如玉又如孩子般清澈的目光，被他目光触及的万物，仿佛也变得温柔可亲。

"阿弥陀佛，我竟在念经的时候睡着了。"年轻僧人自责不已。

正值春天。云落山涧两旁的桃花开了，浅红一片，清香扑鼻。年轻僧人看了看树边的草结子，算了一下，师父进山采药已经有一定时日，该是回来的时候了。他连忙起来，把经书拿回屋里，然后找出竹席在院内翻晒，好等师父回来的时候有个舒适的休憩，还要打扫一下院子的空地，好晾晒师父带回来的药材。

转眼间，他在后院菜地摘了新鲜的蕨菜，走到溪边，用清凉的溪水细细地洗干净菜叶，再把水桶注满挑回来，注满水缸。

把一切准备妥当，他走到山口处一块光洁的石头上打坐念经，师父每次要回来的时候，他都会在这块石头上等着。

太阳快下山的时候，山边缓缓走来一个瘦小身影。逆着夕阳看过去，那人似乎顶着一朵落霞在走，走得既缓慢又轻盈，把影子拉得很长。

他看了一眼便知道，那只是一个过路人。他太熟悉师父的身影了。记忆中，自四岁那年，他的双亲便在战乱中失散，是路过的师父收留了他。他曾跟着师父云游四方，却没有打听到父母的消息，模糊的孩时记忆反而日渐褪去。

后来，师父回到了这座古刹修行，把他一并带了回来。对他来说，师父就是唯一的亲人。

日子一天天过去，师父开始老了。他也长成了模样清秀的年轻人。每年春天，师父采药归来，就会带着他下山，到附近的村庄里为村民看病。

"师父，你为什么不带我进山采药呢？"他问师父。

师父笑而不语，只交付给他许多药书，又把采来的药草功用，一一教给他。许久之后，他才听人说，药山深处有妖，才明白师父只是不想他涉险。

"小师父，请问圆德师父回来了吗？"一个软软糯糯的女子声音响起，原来是那抹落霞下的身影，不知道什么时候已经走到他身边。

他收回思绪，向那人看去，是个女子，戴着一顶笠帽，垂下深紫色的面纱，他只看到一对洁白的耳垂，各戴着一串血红的耳珠子；一双明亮星眸，长长的睫毛，说话的时候像是一对蝴蝶翅膀在振动。

那女子似乎目光炯炯地看着他，他却想不起是否见过此人。

"师父尚未回来，施主有何事呢？"他收回目光，回答道。

"家父病重，想请圆德师父下山去看一看。"女子回答道，自她走近，他就闻到空气中弥漫出一种花的香气，悠远而馥郁。也许是脂粉，他想，山下的女子总喜欢使用化妆品。

"请施主描述令尊的病症，小僧略懂一二医术，或者能先为施主分忧。"这些年，他的确积攒了不少从医经验，常见病症，大多能代为抓药。

"此事非圆德师父不可。"女子的语气轻柔，却带着命令一般的固执。

"那劳烦施主留下地址，待我师父回来，我交与他。"他礼貌地说道，语气平淡和煦。

女子从怀中取出一张淡红色的纸张，又拿一根墨色枝条，写了几个字折起来，交给他。随后走了。

这天，日头完全落尽，师父才终于回来。依旧是挑着两筐满满的药草，但头一次，他感到师父的脚步比以往更缓慢。他赶忙上前帮忙接过，把药草一一拿出分类放好。

师父老了，如果有一天……这个念头刚闪过，他心头咯噔一下，微微作痛。又摇摇头，不会的，师父是不会离开我的。

"徒儿，我不在的时候，都有何人来找过我？"师父问道。

"只有今日傍晚，一位女施主来过，说是家人病重需找师父就医，留下了地址。"他连忙拿出女子的纸条。

师父拿过纸条，在油灯下展开，只看了一眼，便有些失神。

"师父，纸条写了什么？"他不解地问道。

"戒忘，你现在收拾东西，赶快离开这里吧。"师父无力地垂下双手，却语气坚定。

"师父？"他赶紧向师父跪下，这事情发生得太突然，他委屈得眼泪打转。

他对师父愧疚，因是凡人资质，师父试过将法术传与他，他未能把握精通，平日念经打坐，也常常走神，但他已经以古刹为家多年，师父怎能把他赶走呢。

是因为这纸条吗？他想看一眼，师父已经在油灯上把它点着，纸条慢慢升起一缕淡红色的烟气，他冲过去，只看到残留的一个纸角上有一个血红色的"恨"字慢慢熔进火焰里。

"如果你还当我是师父，马上走吧。"师父的语气不容置疑，他震惊而落泪，但也只好转身，把仅有的几件衣物收拾好。

"师父，我明早再走可好，我……可帮你整理今天所采的药草。"他哽咽着，好不容易找出了一个木讷的理由，期望着师父回心转意。

"也罢，明天一早你就下山吧。"圆德毕竟心软了，今夜，应该无事。

夜半，满月照山，他整理完药草，尽管疲累，却毫无睡意。

师父已经睡下了。

他走到古刹边上，忽然想起，应该与朝夕相伴的花树道别。那是一棵枝繁叶茂的辛夷花，月光下，粉色花朵开满了整树，散发着阵阵清香。

他把脸贴在树上，闭上眼睛，想说什么，却没有说。再说，一棵树也听不懂他的话。忽然他听到了一阵心跳声，睁开眼睛，他的脸正贴着一个年轻的女子的胸脯。

月色如灯火，忽被泯熄，妖风四起。

他看到他的师父拿着一把宝剑，避开不断旋摆缠绕的一阵妖风，向他身边的女子刺过来。女子却闭目养神，他想推开她，却发现动弹不得。

下意识地，他用自己的身体去挡住了师父的宝剑。血流，从他被剜开的心口流出来，混杂着辛夷花的味道，化作令人窒息的沉闷香气。

云层忽然散开，圆月重现。

"为什么？"那个女子抱着他哭起来，她的哭声也像是笑声。他感到自己的躯体不由自主地生出一个既熟悉又异常陌生的声音。

"泯然众生。"那个声音带着叹息说道。女子轻蔑的拂起一阵花风，他看到他的师父拿起法杖冲过来，却被堵在风外，一袭袈裟布满血色。

"你没有别的要对我说吗？"女子不甘心地问道。"放了圆德，他是无辜的。"那个声音继续说道，他的意识渐渐模糊，仿佛局外人一般听着体内陌生的声音在和那花妖说话。

眼前，一组画面，在模糊与清晰之间不断地呈现。

前生，一棵花树，开在古刹旁。他，每日诵经，不曾注意。花开，俗世的香气。花落，凡尘的杂念。花有情，人不知，他天生心性澄明，从不乱怀。

五百年诵经打坐，他得道，心如日月，无欲无求。花亦得道，为花妖。花妖化绝色女子，渐渐魅他，他从未情动。

直到天地变色，花妖为修炼，祸乱人间。他看到失散的夫妻，遗下孩童，他收留了一个孤儿带在身边，那孤儿慢慢长大……模样却是圆德师父，为何？

"很可笑吧，你竟然不知道今夕何夕，你眼中相依为命的师父，只是你往世所收留的徒儿。更可笑的是，我等了一千年，你却只看了我两眼。"

花妖的笑声里，他又看到，在一个霞光漫天的黄昏，他终于垂眸看了她一眼。花妖在恳求他多看自己一眼，她愿往生为人。但他没有。

那天夕阳下，头一次，他点了一下花妖的眉心，却只为将她封印。往后画面，模糊不清，是人间数度的轮回。

此刻月明山空。花妖凄凉的笑声，久久未平息。他似乎顿悟，盘腿而坐，屏息止血，剩余一缕气息突破妖风，灌向满身是血的圆德。

"师父，何必消耗你的修行……"圆德渐渐站立起来，哽咽着无法言语。

月下，他的身体渐渐透明。女子探他心胸，空空如也。"至少现在，苍生与我，都不在你心中了。"花妖笑，直到笑出了满眼粉色的泪珠。烈风催花落，覆身重我心。

漫天的辛夷花飞，片刻又烟灭。

那一千年的明月，从血色变为透亮，空寂，如剜开的心口。

竹公子

墨山深处，罕有人迹，然万翠欲滴，满眼生机。几眼泉水从山涧缓缓流出，汇成哗哗作响的小溪，竹公子，择居在这片山头的竹林里。

每天清晨，他都要亲自去山涧取水，而后煮几片竹叶做茶，在他的竹屋内读书，遇到得意处，也会奋笔抒怀，或是研墨作画，公子画得最多的，总是窗前的修竹。

薄暮时分，竹公子会带上自己的古琴，到溪流之间奏乐。公子的琴声古朴悠远，响彻山林，似召唤着百鸟归巢。

总是夜幕降临，公子的琴声戛然而止，整个墨山也静谧片刻，随后，山里的野兽开始夜行，公子也神情怡然地回到安身的竹屋之中，点亮油灯，静坐下来，听着林间清风入眠。

竹公子在山脚下有片世袭的良田，他雇了几个村民为他种下禾黍，春天的时候，公子会亲自到禾黍地看一看作物长势。彼时，田地周边，柳树抽出柔软的嫩枝，公子很是喜欢，总会折柳叶奏出一种好听的笛音。

到了禾黍秋收，公子叫人把粮食分三份，一份带到山中自用，一份酿酒，剩下的一份全部分给附近村庄贫困的百姓。就这样，竹公子生性爱静，却一直与山下百姓和睦共处，互相敬重。

竹公子常住山中多年，从不去墨山脚下的市集，一切衣物所用，皆是差人购置。公子待人彬彬有礼，却只字寡言，并不与任何人多交谈。但他面如白玉，身形高大，一身俊逸淡青色素帛衣衫，常被侧目。

有一年冬天，雪下得特别早，山中一片清净，今天没人送物品到山上给他。公子才忽然想起，要过年了，今天山下是最后一个集市。

迎着细雪，竹公子换了一身黑色的行衣，戴了一顶斗笠和一个竹筐下山了。下一个集市，要等到正月十五了，他要购置足够的纸墨，以画山中雪景。

到了市集，竹公子径直买了纸墨，又沽了一壶酒，正打算回去。

"快看，前面有耍杂的。"一群人，往公子行走的方向涌过去，把他碰了个趔趄，刚沽的酒壶也被公子不自觉地随手抛起，眼看就要砸到前面看热闹的孩子头上。

"小心。"人群中间有一抹红色的身影，灵活地跃身而起，一把精致的桃木剑，稳稳地把坠落的酒瓶接住了，拿在手上。

"好！"看热闹的人先是被吓得屏息，而后看到小孩平安无事，纷纷大声拍掌叫好。

竹公子往前看，那是一个极其年轻的姑娘，穿着一袭紧身红衣，看起来矫捷而苗条。姑娘身旁放着一个竹筐，里面有好几样杂耍道具。

"这是哪位客官赏给小女子的好酒？"那女子朗声问道，言语中颇有江湖豪气。

人群发出一阵哄笑，纷纷回过头来看向竹公子。

"请。"竹公子走到她面前，彬彬有礼地微笑着。

那姑娘也不客气，打开酒壶，喝了一大口，竹公子这才注意到，这细雪的天气里，尽管她流着汗水，衣衫仍太单薄，脸已经冻得有点发红。

"谢谢公子了。"她把剩下的酒还给了竹公子，大眼睛调皮地眨了一下。

竹公子也不介怀，接回酒壶，放进自己装物的竹筐，转身走了。

夜晚，竹公子在山涧的竹屋里点亮油灯。窗外细雪簌簌地落着，公子铺开宣纸，细细研墨，提笔画起月下的雪景。

第一笔墨色点染了宣纸，弥漫出淡淡的水痕。纸上黑白的山水，一片空寂。这是公子钟爱的风格，可是今晚他第一次觉得如此无趣。思索良久，他起身走到竹架前，上面放着一盒红色的朱砂。

听着室内铜壶水漏声，公子碾磨朱砂，忽地想起了，那张冻得发红的年轻脸庞。

片刻之后，公子的画上，多了一抹红色的身影。是在雪地里行走着的一个姑娘的背影。公子把画晾干墨迹，久久地驻足，画上的女子是不会回头的。但是公子将她的模样记得分明。

月光下，公子把玩着姑娘喝过的酒壶，上面似乎留着她的气息。公子不自觉地把酒壶贴在脸上，可是却感到冰凉极了。他把酒倒进另一把小壶，加了两颗梅子，拨红了炉火。

窗外，风越来越大，刮过竹屋子，留下凛冽的冰冻。明日，将会大雪封山了吧。

忽地，竹屋子的门扉在响，是有人在拍打。竹公子起身，把灯拔亮，朗声问道："何人？"

"公子，可否，借宿一晚。"一个女子的声音，竹公子忽地想起，是那双明亮的眼睛。

"在下孤身一人，不方便留宿女客人。"竹公子彬彬有礼地拒绝着。

"雪已经封山，我走不动了。那，我在你门外檐下避下风，到天亮再走。"那姑娘说着，公子听到她把东西放在竹屋廊梯上的声音。

酒已经温热。公子在屋内喝着酒。

廊梯上的女子在哼着小曲，声音有一些哆嗦，听起来，似乎很冷。

公子听了一会儿，把门打开，站在她面前，女子讪讪地笑着，她的脸已经冻得通红，冒出了紫气。

"暂且借你，天明后归还。"竹公子终究是不忍，他解下厚厚的披风，递给那个女子。

那年轻姑娘眨着大眼睛，喜出望外地接过披风，上面还有竹公子的气息，她把廊上的一些细雪拍干净，才把披风小心翼翼地盖在身上。

竹公子不禁莞尔，正要走回屋内，却忽然瞥见她袖子里有一个紫铜色的药瓶。

第二天，大雪已经封山了。姑娘却没打算走。竹公子叹了口气，将她收留。雪夜，公子画画，姑娘帮他研墨热酒。有时，公子在炉火旁看书看得入神，她就在一边痴痴地看公子，渐渐地，姑娘显得有些心事重重。

大雪一下就是三天。

第三晚，月圆之夜，大雪纷飞，公子已经睡下。

夜半，有人轻手轻脚地走到竹公子身边。

竹公子闭着眼睛，不动声色。但她只是轻轻地给他盖上了被子。

刚松了一口气，那姑娘却俯下身子，竹公子捏紧了藏于袖口的暗器，姑娘忽然轻轻地用手指抚摸了一下他的嘴唇。她身上的温热气息，莫名让公子乱了一下心神。但随即，公子闻到了硫黄的味道，往旁稍挪动，那姑娘扑了个空，摔倒在地上。

"姑娘，请自重。"竹公子拂袖，不动声色。

油灯亮起，公子侧目看她，年轻的脸庞，充满了杀气。

"看剑，我要为百姓除害！"那姑娘不甘心，起身，用自己的桃木剑与公子战起来。

"敢问姑娘，我何时为害百姓？"竹公子轻易躲开剑招，沉吟问道。

"我只知道，蛇妖害人，斩杀天下蛇妖，是我父亲的遗志。"姑娘气呼呼地回答。

"不分青红皂白。我寡居此处五百年，从未危害人间。更与你父亲有何相干。"竹公子呵斥道。他扬手，一阵碧色的风将姑娘包裹住。

那姑娘却不管不顾，打算继续杀入重围。

"以我的修为，你现在是打不过我的。"竹公子微笑着说，"不妨，十年后，再来找我。"

碧色的风，将封山的大雪冲开一条小径，那姑娘虽然不甘心，但却知道他说的是实话，她背起箩筐，往小径上走了。

由始至终，她都没回头看一眼竹公子。

墨山的竹公子，依然过着他的隐居生活。墨色的山水内，春有禾黍青青、烟柳芳柔，夏有淙淙明溪，秋有萧索野林。冬夜，拥雪温酒，却不再轻易落笔。

因为，容易想到那一抹红色的身影。

十年后，她会回来吗？

山空寂，黄铜漏斗里，滴滴水声，五百年来，竹公子第一次觉得，夜实在太漫长。

住在城里的北极熊

在这座繁华的城市中心，有许多高高的楼房，到了晚上，一扇扇窗户后面，会透出暖融融的灯光。但是有一扇小窗，一年四季总是关得紧紧的，从来没有透出过一丝灯光，原来，有一位北极熊先生住在里面。

北极熊先生的家很冷很冷，因为他的房子就是一个极大的冰箱。只要一打开房间的门，冰冷的气息便扑面而来。床头柜边上，摆满了冰镇的啤酒，每晚十二点，是北极熊先生感到最舒服的时刻，他可以一边喝着啤酒一边看着足球赛，看到高兴之处，他会乐得拍着自己装满啤酒的肚子，起身跳起家乡的舞蹈。但这样悠闲的时光，他每天只能享受一个小时，北极熊先生必须早点休息，第二天才能努力挣钱支付昂贵的电费。

凌晨六点，北极熊先生就起床了。他原本可以睡到七点半，可是他要等最早那班电车。电车来了，坐在驾驶座的是一位女司机——放在车头醒目位置的工作证写着她的名字——米妮。北极熊先生已经连续坐了七年她的电车，第一次坐这趟车，她还是一个刚当上电车司机的年轻姑娘，有着蜜色的皮肤，玫瑰花一样美丽的笑容。眼下，她依旧神采奕奕，但细看之下，鼻尖的雀斑似乎越来越多了。

时间过得真快啊。坐在后座的北极熊先生看着飞逝而过的街景，心里暗暗感叹。他也仿佛是才搬来这个城市的那位朝气蓬勃的熊先生，而现在，同事们已经暗地里叫他大龄北极熊先生。

这时候，电车停下了，原来是集电杆与高压线脱轨了，女司机飞快地站起来，娇小的身子伸出窗外，熟练地把集电杆拉回来。身手还是那么敏捷啊，熊先生看着她镇定自如的侧脸默默赞叹。

下一个街口，一只矮小的企鹅笨拙地跳上车，手里还拿着一支滴着露水的玫瑰花。"亲爱的，愿你今天过得愉快！"企鹅把玫瑰塞到女司机手里，她略为尴尬地接过去，随手插在座椅旁边的空矿泉水瓶里，企鹅站在一旁幸福地傻笑着。

　　每天早上，这只企鹅总是先把自己的跑车停在街角，然后趁着电车经过靠站的时候挤上来，不知不觉，也送了女司机七年的玫瑰。

　　熊先生心想，明天，也许见到这位女司机的时候，他也应该说一声："嗨，你好！"如果，明天遇到电车一如既往地脱轨，他还应该站起来，用高大的身躯去帮她把电杆迅速地拉回来。也许，她会出于感谢而向他微笑。

　　可是，这样的"明天"，七年来，熊先生已经设想过很多次，却一次也没有行动。没有用的，熊先生消极地想，企鹅先生坚持了七年，说不定连她的电话号码都没拿到。还有一件事熊先生很清楚，他的房子实在太冷了，没有人可以忍受那刺骨的温度，更别提和他一起居住。

　　一只北极熊要住在大城市，必须习惯寂寞啊。熊先生叹了口气，走下电车，走进了工作的地方。他是一名冷藏库的管理员，仓库里总是堆满了冰块，这让他觉得非常舒服，即使下班了，也总是磨磨蹭蹭不愿意马上回家。反正，我回去也是自己一个呐。熊先生总是笑着说道。

有时候，熊先生睡到半夜会突然惊醒，偷偷地哭。他想起自己的家乡，一望无际的冰原，冲破冰层的海水，尾巴滑溜溜的鱼，咸咸的，冰凉的、雪白的一切，还有一个记忆中柔软而温暖的怀抱，可是等他想靠近那个白色的怀抱，梦就醒了，冰冷，只有冰冷，梦境永远不能把失去的东西还给我们……北极熊想着、哭着，冰箱一般的房子把他的眼泪全部冻成了细小的冰块。

　　有一次，他打开白色的窗户，冰箱房子里的冷气嗖嗖地向窗外的月亮吹过去，冻得月亮也打了一个冷战。

　　一只北极熊要是想起了故乡，该有多寂寞啊。善良的月亮体贴地想，它在天空着急地移动着，终于发现有一个积雪的山头，它从山上摘下一朵小雪花，想要送给熊先生。

　　可是等月亮转过身来，熊先生早已经关上了那扇小小的窗户。

　　月亮摘来的小雪花，像一朵被风吹走的蒲公英，在半空飘荡了好几下，落在熊先生的窗户玻璃上，只留下看不见的水印。

　　"嗨，你好啊！"这一天，熊先生如常搭上了电车，鼓起勇气向着驾驶室的方向说道，一边捏紧了藏在袖口里的玫瑰花。

"嗨，你好啊！"司机转过头来，熊先生失望极了——这是另一个年轻姑娘。

"请问……"熊先生鼓起勇气，却不知道如何说下去。"哦，之前的司机已经辞职了，今天开始，由我负责开这趟电车呢。"更年轻的女司机善解人意地回答。

"谢谢，这玫瑰真漂亮！"年轻的女司机在后面大声说道，可是熊先生却听不到，他下了车，失魂落魄地走在街上。

一只在城市里生活的北极熊，要是连唯一一个认识的人都来不及告别，那真是寂寞啊。熊先生沮丧地想着。忽然，他的脚步停下了，他看到了他要找的人——电车女司机米妮拉着一个巨大的行李箱，站在对面的马路等车。

"她说要到这世界上最寒冷的地方看一看，我想，她要去的地方是北极吧。"冷不防，身边响起一个声音。

是那只又矮又小的企鹅，他一直站在熊先生背后，同样看着对面的电车女司机米妮。

他们一起看着她坐上了一辆红色的机场巴士，一起看着巴士载着她走远。

　　"她不会懂得，世界上最寒冷的地方，就在这个城市里。"企鹅狠狠地跺了跺脚，踩碎了地上鲜红的玫瑰花瓣，开着自己的跑车扬尘而去。

　　"现在，世界上最寒冷的地方，就在我的心里。"住在城市里的北极熊看着远方默念着，电视机里播放着球赛，床头柜上摆着他喜爱的冰冻啤酒，但是他丝毫提不起劲来，头一次，这冰箱一般的房间冷得让人窒息，最后，他打开了窗户。

　　月光下，一朵晶莹的小雪花随着远方的风飘过来，这次，北极熊看见了。

兔子先生的照相馆

兔子先生的照相馆开在幻境森林的深处，一棵绿茸茸的巨大毛榉树便是它的入口。毛榉树的枝叶像伸出来的手臂，上面挂满了兔子先生最爱的蘑菇伞，每一个伞下，都有一盏透亮透亮的圆圆的月亮小灯，每到傍晚，兔子先生都会把白天收集起来的阳光放进小灯里，让照相馆整晚都透亮透亮的。

没错，兔子先生的照相馆是晚上营业的，他在暗房里冲印出一张张相片，寄给远方的顾客。那么白天，他去做些什么呢？白天的兔子先生在幻境森林边上的菜田里干活啊，他在菜田里种满了胡萝卜和花椰菜，还有西红柿、辣椒、油菜。兔子先生是个细心的人，把小小的菜田规划得井井有条，在每个季节都像一幅画卷：春天，田地里金黄的油菜花占据了大半个田地；夏天一热，白嫩的花椰菜又显得那么胖乎乎而可爱；秋天，红红的西红柿与辣椒看起来是那么热情；即使是铺满雪花的冬天，地下还深埋着几根胡萝卜呐。

兔子先生常常说，这就是摄影师的天赋啊，生活总是需要事先安排妥当，才能有备无患。兔子先生种田的时候，总把照相机架在田垄上，空旷的野外，湛蓝的天空，他心爱的植物，画面里还有一个埋头种植的兔子先生。每个季节的最后一天，兔子先生都会在自己的暗房里把这些相片冲印出来，然后整齐地码好，用透明的油纸包好，放进他的大皮箱里。有时候，他也会把这些照片寄给一些远方的杂志，可是从来没有回音。

兔子先生种的菜，留了一部分自己吃之外，大部分都拿去集市卖掉。去集市的时候，兔子先生总会精心打扮自己，戴上大大的帽子和墨镜，穿上雪白的有着高高领子的衬衣和整洁的黑色西服，然后把两筐蔬菜牢牢地绑在他的大自行车后面，骑到镇上卖蔬菜。尽管这身打扮在生活散漫的小镇显得隆重而奇怪，但他的蔬菜总是卖得很快。因为他总是天刚亮就出门，单车踩得飞快，到镇上的时候，蔬菜上的露水还没干呢，早起的主妇们总会把他的蔬菜抢购一空。在中午之前，他就骑着老自行车，载着空空的箩筐，哐当哐当地到了小镇邮局，把给远方顾客冲印的照片寄出去。又哐当哐当地骑着自行车，回到了小镇外面的森林。

兔子先生从不在周末去集市，周末的小镇集市人太多太拥挤，他也从来不走进小镇中心的居民区，除了购买必要的日用品。直到有一次，森林连续下了几场大雨，兔子先生好几天不能到镇上，一晃就到了周末，一个难得的好天气。

兔子先生决定摘一些西红柿到镇上卖掉，它们已经熟透了，再不摘下来就会烂在地里。要出发的时候，兔子先生遇到一个麻烦，自行车坏掉了。但是兔子先生是一个很有计划的人，他决定把西红柿装在布袋里背到镇上，哼哧哼哧，走路真累啊，兔子先生还穿着西装戴着墨镜呢，不到一会儿就汗流浃背了。可是他是坚决不会脱下外套和墨镜的，他不想人们发现他是一只兔子。

也许是这次赶集去得晚了，集市上已经没什么人，零星的几个小贩正收拾着菜摊准备回家。兔子先生想了想，还是再等一会儿吧。可是一直没有人来买他的西红柿，早早买完东西的人们，都围在周末的集市角落里看露天马戏团耍杂技呢。

快到傍晚的时候，兔子先生的西红柿还是无人问津。他正愁着如何把这些西红柿带回家呢。这时候，一个小小的身影走了过来。兔子先生喜出望外，抬头一看，是一个小小的、瘦瘦的小女孩，头上扎着一个不长不短的马尾。

可是小女孩并没有往他这边走，她轻巧而熟练地在那些先走掉的菜贩子摊上捡起一些剩下的菜叶，把它们整理成小小的一束。那些被扔下的菜叶子已经发蔫，但是，看起来……还能吃。

兔子先生也要回家了，他想了想，把口袋里没卖出去的西红柿倒了大半在地上，然后收拾东西走了。到市场门口，他偷偷回过头观望，看到小女孩等待了片刻后向他散落在地上的西红柿走去。

兔子先生在夜色中摸索着回到森林。走了这一天真是累啊。他躺在床上，望着毛榉树上挂着的月亮灯笼，渐渐地睡着了。

星期一的清晨，兔子先生依旧有规律地起床，把地里的菜摘下，整理得干干净净的出门了。镇上的主妇们好几天没见到兔子先生带来的新鲜蔬菜，纷纷上前，兔子先生两个筐里的菜眼看就要卖光了。

"对不起，这颗花椰菜，是我要带给朋友的。"兔子先生礼貌地拒绝了最后一个顾客。他去了邮局，把给客人冲洗的照片寄了出去。然后，他在小镇里慢慢地溜达到天黑，才回到空无一人的菜市场。

兔子先生着急地等待着，终于，快天黑的时候，瘦瘦的小女孩又出现了。兔子先生赶紧装作收拾东西，把花椰菜随意地放在地上离开。

日子，一天又一天地过去。有时候，兔子先生会在落下的蔬菜旁边放上几颗糖果，有时候，是一个崭新的记事本，有时候，是他托邮递员带来的新款蝴蝶结。

小女孩总在傍晚出现，可是，有一天，他等了好久也没见到她。这一天的晚上，兔子先生看着月亮灯笼，怎么也睡不着，第一次失眠了。她叫什么名字，又住在哪里？小镇上的人，兔子先生连一个都不认识，直到这时，他才觉得原来对一个人一无所知，是一件令人着急的事情。

幸而，第二天的傍晚，小女孩出现了。兔子先生做了一个决定，他悄悄地跟在小女孩后面。她穿过市场，走进小巷，走到街口。兔子先生推着自行车在后面跟着，老旧的自行车发出哐当哐当的响声，还好，她一直都没回头。

到了一所老房子面前，小女孩回过头对兔子先生说："喂，我叫莉莉，你叫什么名字呢？"

"你可以叫我瑞比先生。"兔子先生有点吃惊，但，他们似乎的确是认识了很久。

"这是我的家，进来坐坐吧。"莉莉招呼道。

莉莉的家很小，家具陈旧极了，然而却非常整洁。屋里只有一位老太太。"这是我的妈妈。"莉莉介绍道。她的妈妈躺在床上，似乎一直在睡觉。莉莉麻利地把蔬菜洗干净、弄碎，做出一碗清香的蔬菜粥，然后把妈妈扶起来喂食。

"我的妈妈，几年前就是这个样子了。"她轻轻地说着，"我妈妈看起来很老是不是，哦，对的，我，只是她捡来的孩子，这个秘密，镇上只有你知道呢。"莉莉认真地说道。

"我妈妈年轻一点的时候，也是很美的哟。"莉莉拿出一本相册，陈旧的照片中，有一位翩翩起舞的年轻女人。仔细察看，和床上安静躺着的老太太有几分相似。

"我妈妈是这个小镇上的人，年轻时候去过很多地方，跳过很多优美的舞蹈，却一直孤身一人，最后她老了，在一个大城市的公园里看到了被遗弃的我，那时候我还是一个刚出生的小婴儿呢。"莉莉说道，"她把我带回了这里——她的家乡。"

冬天下第一场雪的时候，莉莉的养母去世了。

"拜托了，瑞比先生，我需要一个监护人，否则我将要住进镇上的福利学校。"莉莉恳求道，"我希望能守护着妈妈留下的房子，里面有她的回忆。"

兔子先生犹豫了很久，最后在监护人那行签上了自己的名字。

"这是我的叔叔，他是一名摄影师。"新年晚会的时候，莉莉向同学们介绍道。莉莉剪掉了马尾，长高了不少，差不多有兔子先生那么高了。她悄悄地眨眨眼，指了指舞台下面的座位，那里坐了一些家长，兔子先生默契地走过去坐下来。

轮到莉莉跳舞的时候，兔子先生认认真真地给她和她的同学拍了许多照片。

在毛榉树下的照相馆里，兔子先生冲印着莉莉的照片，她的笑脸如同窗外的圆圆的月亮灯，透亮透亮的。过去，兔子先生整夜开着这些灯，因为他非常怕黑。现在，即使那么一两盏灯坏了，他也不会太慌张。

一天，兔子先生在他的农田里干活，莉莉忽然出现了。

"你怎么能找到我的森林呢？"兔子先生吃惊地问道。

"昨天下了雨，通往郊外的路上，有你的脚印啊。"莉莉回答道。

"你能陪我一起去城市里演出吗？"莉莉问道。她接到了远方城市寄来的一张邀请函，那是一个小有名气的舞蹈团，邀请她去表演。

"可是我是一只兔子啊。"兔子先生摘下他的帽子和墨镜。露出他白得如同透明的皮肤，头发也是白的，红通通的瞳孔。中午的阳光让他眯起了眼睛，是的，他是一只兔子，而且兔子在白天视力总是不太好。

"我只是一只兔子。"他再次强调，刺眼的阳光让他有点看不清田垄上的莉莉。

莉莉看了他一会儿。田垄上，吹来一阵阵暖和的风，兔子先生种的油菜花今年提前开了，金灿灿的颜色，像一块漂亮的毯子铺在湛蓝的天脚下。

"好吧，那我走了，我不在的时候，麻烦你去照看一下我们家的房子，再见。"最后，莉莉给兔子先生留下了自己家的钥匙。

"等一等。"兔子先生想了想，从身上拿出一个布袋，里面是他积攒起来的钱。他把钱袋交给了莉莉。

"再见，我很快会回来的。"莉莉说道，拥抱了他一下。

"再见。"兔子先生默默转过身。

莉莉走了。

兔子先生依旧过着他日复一日的刻板而规律的生活，种地、给蓝天下的自己拍照、把蔬菜拿到镇上卖掉。晚上，他在毛榉树相馆里冲印远方寄来的底片。有时候，他也会去帮莉莉家打扫一下卫生，一般是在下雨的天气里。

有时候他会躺在莉莉的床上休息片刻，莉莉的床实在太小了。他想，要在森林里物色好的木材，等她回来的时候，做一张又大又舒服的床送给她。

还有，这窗帘，换成她最爱的粉色……

兔子先生想着想着，忽然掉下眼泪来。他觉得，也许莉莉永远不会再回来这个地方了。也许，她会在大城市里爱上某个才华横溢的音乐家，或者是某个普通但是深爱着她的男人。

这一切，都是我造成的。兔子先生懊恼地想。我不该给舞蹈团寄她的照片。

可是，我只是一只兔子啊。兔子先生摇摇头，擦干了眼泪，回到自己的森林。可是他也知道，下一个周末，他还会来打扫莉莉的房间的。

卖鸡蛋饼的老虎大叔

这座有着许多摩天大楼的城市里，有一位卖鸡蛋饼的老虎大叔。每天清晨，他独自一人推着一辆装点得非常精致的餐车，绕过一座高架桥，步入商业区，再穿过一条与地铁入口相连的地下通道，然后守在地铁入口旁卖鸡蛋饼。

老虎大叔长得非常严肃，但是他却穿着体面的西服，把鸡蛋饼做得很香，因此生意很好，在早上八点之前，他的鸡蛋饼几乎都会被路过的上班族买光。但是他永远都会留下一个最新鲜的鸡蛋与一张烤得最香的大饼，还有他精心挑选的蔬菜、油条，来做最后一张饼。

七点五十五分，那位在摩天大楼上班的狐狸小姐总会急匆匆地从地铁口小跑上来，她非常年轻，身材玲珑，美丽的脸上化着精致的妆容，手里拎着一只粉红色精致的包包，一边从包包里掏出几块零钱。

"一份鸡蛋饼打包，谢谢。"狐狸小姐说道。

"好的。"老虎大叔充满自信地拿出早就准备好的材料，磕了一下新鲜的鸡蛋，蛋液在铁烙板上滋滋作响，十秒钟后，一个嫩嫩的香喷喷的鸡蛋饼就煎好了。老虎大叔拿出一个精致的天蓝色纸盒，像礼物一样把这张鸡蛋饼打包起来，双手递给狐狸小姐。

纸盒上还用白色的丝带打了一个漂亮的蝴蝶结，老虎大叔知道，狐狸小姐接下来要把这份早餐带进摩天大楼的办公室里享用，容不得怠慢。

狐狸小姐非常喜欢老虎大叔做的鸡蛋饼，并且对像礼物盒一样的精致包装已经习以为常。不过，她可不知道，对别的顾客，虎大叔只是随意给一个袋子，让他们自己带走鸡蛋饼。

老虎大叔每天都醉心于对狐狸小姐的特别服务中，因此，每到周末的清晨，他都会特别失落。因为到了周末，狐狸小姐不需要到摩天大楼上班，也就不需要他的早餐了。

"不知道狐狸小姐正在做什么？"一个周末，老虎大叔躺在雪白的柔软的大床上醒过来，听着窗外海浪的声音，担心起狐狸小姐今天是否按时吃了早餐。

只要拨通助手熊先生的电话，就能查到老虎大叔想要知道的任何人的行踪。但是，老虎大叔从来没想到去调查狐狸小姐。他觉得，一个星期之中的五天，能够在清晨见她一面已足够。

"叮咚。"老虎先生的别墅门铃响了，来的是助手给他预约的按摩师。

老虎先生心不在焉地开始享受按摩师的服务，忽然感到胸前的皮肤，有一点干燥，他挠了一下，按摩师马上体贴地给他倒了一点芳香的润肤液，并伸出手去为他抹上。

"呸"，老虎先生粗鲁地喝止，把按摩师的手打掉，原来他的胸口处，文着一只狐狸图案，已经开始褪色了。

"对不起。"按摩师道歉。老虎先生不置可否，翻了个身，他不会让任何人触碰这个图案。

按摩师害怕得哆哆嗦嗦，但他还是敬业地完成了自己的工作，然后鞠了一躬离开。

老虎大叔又再独自躺在柔软的雪白的大床上，看着窗外的海浪发呆。透亮的落地窗，涌进越来越刺眼的阳光，他不由得伸手去摸了摸自己心口的图案，那里隐约有一点痛。

当老虎大叔还是年轻的老虎先生的时候，这种充满阳光的清晨，他是要和心爱的狐狸小姐一起度过的。当然，是曾经被画在他心口的那位。

可是，那时候的老虎先生，唯一能给年轻恋人的，只有贫穷。在宁静的小镇上，白天，他们推着三轮车，走街串巷卖着鸡蛋饼；夜晚，他们蜷缩依偎在虱子乱跳的阁楼里，在窗子透过的月光里为对方捉着虱子。狐狸小姐很爱美，也很怕虱子，夏天的时候，老虎先生总会彻夜不眠地为她赶虱子。冬天，虱子们都冻僵了，他会紧紧搂着狐狸小姐，不让她觉得寒冷。

有一天清晨，狐狸小姐离开了阁楼。老虎先生并不着急，他依旧出去卖鸡蛋饼，然后，做了一顿丰盛的晚餐，耐心等着狐狸小姐回家。直到深夜，狐狸小姐也没再回来。

老虎先生走遍小镇去找她，没有找到。他请人把狐狸小姐的样子画在纸上，跑到隔壁的镇子，一遍遍地找，可是日子一天天过去了，始终没有找到她。有人说，狐狸小姐坐上了一辆汽车，去了一座有许多摩天大楼的大城市。

老虎先生着急了，不单单因为狐狸小姐去的地方太遥远，更着急的是，当他在烈日下一次次寻找狐狸小姐的时候，刺眼的阳光，总会让他的眼睛不断流泪，好几次他觉得，狐狸小姐的样子有点模糊了，他害怕，有一天会不知道如何向路人描述她。

"眼睛，圆圆的，笑起来有好看的弧线，像雪一样白的尾巴"，关于她的记忆，从熟悉到陌生。有一瞬间，他甚至形容不出她的高矮肥胖，尽管冬天快来了，他的身体因为寒冷而记起狐狸小姐特有的温度。

然而，体温并不能帮他找到她。老虎先生，只好把最初那张失踪启示上的狐狸小姐的样子画在自己的心口，然后到了大城市里找狐狸小姐。

许多年过去了，年轻的老虎先生变成了老虎大叔，在这座城市里，他变得非常富有，却没有找到他爱过的那位狐狸小姐。

"我的名誉与地位，足够让我在这里等着她亲自来找我。"老虎大叔固执地想，固执地等了许多年。可是那个胸口越来越快褪色的画像，让他下定决心得马上寻找她。

也许她已经变老了一些，但是，只要心口的画依然在，他总会认出她的。如果她敢不承认与他的这一段往事，他还可以凭着那画里的样子当众指认她，揭穿她。他该指责她什么？

但是一个小时后，助手熊先生却告诉他："你要找的狐狸小姐，已经去世了。"

助手走后，老虎大叔心口发痛，他不由自主地挠破了心口的画像，很快，皮肤溃烂了一片，他爱过的狐狸小姐的画像，变成了伤口中变淡的颜料。

老虎大叔躺在看到海浪的大床上，翻来覆去地整夜不能入睡。那些海浪的声音让他的耳膜发疼。

不知道过了多少天后，早上醒来，他的心终于没那么疼痛了。于是他叫助理熊先生准备了直升机，从海边别墅来到这座城市的中心，亲自准备好精致的小餐车。

七点五十五分，年轻的狐狸小姐会急匆匆地从地铁出口小跑上来，买一份鸡蛋饼，老虎大叔细心地为她打包鸡蛋饼。

"谢谢，好久不见了。"年轻的狐狸小姐笑着说，她的眼睛圆圆的，调皮地眨了眨。

只有此刻，老虎大叔的心不再疼痛，嘴角甚至微笑了起来。

爱丽儿的魔法花园

（一）

在这片没有尽头的海洋

逆风也是蓝色的

心灵总有一双眼睛

再次从梦中醒来

世界远远躲在

好望角背后

时间成了失落已久的幻觉

你又将去向哪里

人们总以为时间没有尽头，其实，它的尽头就是一片茫茫大海，在时间之海中央有一座异常美丽的小岛。岛上只有一个建筑，从外表上看，它像一座样式古老的图书馆。事实上，走进去，你也能看到很多很多的书架，但每个书架上，没有书，只有一个个形状各异的盒子。

这里海风吹拂，非常舒服。人们一定会觉得，在这样的时间尽头生活，一定很快乐。但我不。我是这里的现任馆主。这是一间专门收藏被人们遗忘的梦想的魔法馆。那些摆满了书架的铁盒子里，就是他们的梦想。

　　我每天的工作就是挨个拭擦那些盒子的表面，让它们不至于蒙满尘土。这是上一任馆长交给我的任务。这看上去很无聊，但一想到我历经千辛万苦才来到这里，当然不会计较这点体力活。

　　一开始，我无聊的时候会随手打开那些盒子，看一看人们丢了什么梦想在里面。

　　这些被遗弃的梦想，有大人的，也有小朋友的。大人们的梦想盒子里大部分写着买房买车，当明星，或者是获得巨大的财富。也有的梦想很特别，比如办一所没有老师的学校来教育下一代。还有的梦想，充满了野心，是要统治和控制他人。有的梦想很无厘头，比如要收集九万九千九百九十九个冰棍条去制造一艘船环游世界……小朋友的梦想盒子放在最里面的书架，形状各异，看起来很可爱，但因为表面上没什么灰尘，被我打扫时候直接忽略掉了。

慢慢地，我也对魔法馆里的梦想盒子没什么兴趣了，也懒得去探究别人有什么梦想。

但我的心变得越来越不平静。不知不觉，我已经待在这里九年了，再过一年，我将获得自由并可重回我的年代，去用魔法实现一个人生梦想。这是上一任馆长许给我的承诺，他是一名德高望重的魔法师，应该不会欺骗我。所以我才接替了这个职位。随着期满的时间即将到来，我越来越躁动，越来越想恢复自由。

九年前，那是我三十岁的时候。那年来到小岛时，我满脸胡渣，失魂落魄，经历了人生中最惨痛的失败：创业失败，欠了一屁股债，被相恋多年的女朋友抛弃，还连累双亲被债主逼迫。我无颜面，也没东山再起的资本，所以只好选择跳海。

跳海前，我回顾了一下自己的人生：耶鲁大学博士生，从小到大都生活在光环下，最大的梦想就是当别人的梦想导师。而我加入的创业项目，就是每天给别人讲成功学。在那些普通白领的眼里，我就是成功的代表。我年纪轻轻，一表人才，博学多才，开名车，住洋房，随便想要哪个国家的绿卡。

曾经有人问过我，一个称得上伟大的梦想是什么，我一下子回答不出来，面上，却是淡定的笑意，仿佛得道高人一般，来问问题的人，往往不用我回答，他们单单看我的表情也能恍然大悟。

我随口回答说："真正伟大的梦想就在你的内心。"这句什么意义也没有的话，居然让那人瞬间涕零，感恩之情不亚于我救了他一命。人们看中的就是你的名声，他们其实什么都明白，却迫不及待要得到空泛无物的心灵指点，因为他们内心空虚。

在掌声中，我膨胀了。我发誓，我要把给别人讲梦想的事业发挥到最极致。我著书，我上电视、报纸，我的粉丝遍布全球，我趁热打铁，融资开办了一千所梦想学校，人人都称呼我为成功人士、梦想导师。什么是梦想？我，就是梦想的代言人。

尽管我越来越显得不学无术，但我的口才越来越好，我觉得我存在的使命就是教会人们去实现梦想。世界上总有这么一些人，他们不事生产，却与实干家结盟而生存，甚至指点世人如何处事。当世界变幻好几趟，实干家们或者都被遗忘，而那些所谓的精神导师却永存，甚至口口相传下来，或者拥有不朽的名望。

我也曾仰望这些先哲们，比如苏格拉底，又或哲学之父泰勒斯。但我比任何人都清楚身处一个浮躁的年代，金钱、地位、名声才是一切。我粉饰梦想，梦想粉饰我，我和梦想都是商品。我一直把售卖梦想这件事做得很完美。当人们迷惑到底什么才是他们渴求的"梦想"？只有我能告诉他们，来我这里，花上多少钱就能学习到。

不知道什么时候开始，人们渐渐称我为骗子。我不由得气愤地反击说，你们以为听听道理就能实现梦想吗，你整天坐在我学校里听课，不生产不学习，怎么能成功呢？

我这句真话被别有用心的助手录音了，他们蓄谋已久，要谋夺我的梦想王国，于是他们向媒体发布了这个消息，那一千所梦想学校的声誉受到了极大影响。投资人纷纷撤资，几乎像多米诺骨牌一样，我所有开办的机构都轰地倒闭了，我也瞬间成了世界上最潦倒的梦想导师。

曾经以为我做的是全世界最棒的事情，可是后来我才发现我没有能力去实现那些愿望。这冰冷的海水，是适合梦想导师的最后葬身之地，尽管，我并不想就这样结束我的一生……

没想到，我真的没死，在经历了七七四十九天的海浪拍打之后，漂流到了这座小岛，遇到了上一任馆长。

当时他正在海边钓鱼，当我在一朵恶浪中出现的时候，他的表情是那样欣喜，似乎见到等了很久很久的朋友。

（二）

这是一个深夜开放的花园

那些装满了梦的瓶子

在星夜里闪闪发亮

它们的光芒曾刺痛了我

但我却要努力守它

一点一点别再消失

似乎是希望的火花

又似乎是迷失的呼喊

说到这位魔法馆的上任馆长，是一位外貌看起来年轻英俊的人，我曾经自诩一表人才，却不得不承认他比我出色。让我惊讶的是，他竟然跟我说他已经六十岁了。他叫我接替他的工作，工作十年，就可以获得实现一个梦想的魔法。

我："馆长，你在这里待了多久？"

他："三十年了。连任了三届馆长。"

我："那么这次一走，你就可以去实现三个梦想了？"

他微微一笑，给我一个空盒子，我打开，里面放着一张白纸。

我："这是什么？"

他："梦想魔法。你只要在上面写下你的梦想，就会实现"

我："不需要时间，也不需要金钱，甚至不需要付出任何努力，就可以实现吗？"

他："是的。"

眼看他脱下象征馆长身份的外套就往外走，我急了，还没问清楚呢。

我："你还没回答我，为什么你在这里待了三十年？"

他："因为我等了三十年才遇到你。这里最短的任期是十年。只有找到下一任馆长，我才可以离开。你若私自离开，就无法在这张白纸上写下你的梦想。"

我："如果一直遇不到接班人呢？我难道要等到老

死吗？"

他："这里已经是时间的尽头，时间在这里不再流动，如果你一直待在这里，你会永葆现在的青春。记住，每隔十年，你才有一次替任的机会。也就是如果你放弃，就只能再等十年。"

我点点头，眼下，我还能去哪里呢？十年，应该很快的，等我回去的时候，我还是全世界都俯首膜拜的梦想导师。

他把盒子交给我，然后乘着小船，消失在茫茫的大海尽头。

从此我开始守护这座梦想魔法馆。除了打扫，就是研习老馆长留下的魔法书籍。聪明如我，感觉可以通过这种方式早点离开。只要我有自己去实现梦想的魔法，就不用待在这里了。

九年多过去了，我也懂了许多魔法，无聊的时候，我把海浪变成冰激凌来消暑，还把我看到的海豚都变成了五颜六色。但我尝试了很多方法，都无法在那个盒子里的白纸上写上我的梦想，写上去，就自动消失了。而小岛，也从来没有人来过。

这天，我正在拭擦那些装满梦想的盒子，忽然，我听到了敲门声。

放下抹布，我向门口走去，那略带迟疑的敲门声，就像我的心跳一样，那么强烈而令我振奋，在岛上过了这么多年，第一次听到敲门声！

当我用几乎颤抖的手打开门，发现门口站着一个看起来很憔悴的女人，虽然面容清秀，模样依旧年轻，但眼睛里布满的哀伤让她看起来有一丝沧桑。

她站在我面前，有气无力地问我："请问，这是时间的尽头了吗？"

我很失望，她看起来并不是理想的接任人，而且，更令我懊恼的是我现在还差一百天才满十年，不然就算她不适合又怎么样，我也会想办法把任务交给她，而我，将获得宝贵的自由。天知道，我多么希望回到海的对面，再次去实现我伟大的梦想。

"这就是时间尽头的梦想魔法馆。"我带着她进去参观，精明如我，早就发现了她的眼睛一闪而过的光芒。

"有人跟我说，世界上有一个保存所有梦想的地方，就在世界的尽头，没想到我真的找到了。我……"她高兴地往前走，我赶紧伸手拦住她。

"我是这里的馆主。请问你需要什么？"我礼貌而略带冷漠地问道。

"我要找回我女儿的梦想，那也许可以唤醒她的意识。"她对自己的冒失没有丝毫不好意思。

"你女儿多大？"我随口问着，心想怎样把这个不合条件的闯入者打发走。

"八岁了，可是从三岁那年开始，她就再没有跟我说过一句话。"她略带伤心地说，随即又补充道，"医生诊断的结果是，她是一个自闭儿。在我出发之前，她的病情变得严重了。"

这次我没打断她的话，而是领着她来到一排架子前，上面的瓶子全是星星形状的，只是每一颗星星都不一样，它们闪闪发亮，而且独一无二。这里是那些 Autism（自闭症）儿童的梦想世界——自闭症儿童，又被称为"星星的孩子"，他们大部分沉默寡言，沉浸在自己的世界里。在时间尽头的梦想魔法馆，这些小朋友的梦想瓶子之所以摆放在这里，并不是它们已经被遗忘，而是遗失在现实生活中，因为大人们无从得知它们的去向。

我在这岛上，感觉到孤独的时候，就会来擦亮这些星星瓶子，透过那些瓶子，窥见这些在大人世界里未知的梦想，它们色彩斑斓，而且充满了乐趣。如果大人们知道这些星星里的梦想，也许的确有机会唤醒他们的记忆，在真实的世界中构建那些奇思妙想。

但每个梦想的瓶子都是有时限的，比如"星星的孩子"的梦想，往往只能维持一段时间，那些闪闪发亮的梦想就像萤火虫一样，一开始明亮而美丽，渐渐就变得暗淡。那是因为现实中这些孩子苏醒的时间往往太漫长，很多大人等着等着就放弃了希望，没有了关爱，这些孩子的内心会更加封闭，梦想的瓶子最后终于失去了光芒。

我把目光放回这位妈妈身上，她的衣衫都布满了水藻，手脚上伤痕累累，那是被深海贝壳和鲨鱼牙齿划过的痕迹。看出来，她是漂流了很多天才来到这里。

"你的孩子叫什么名字？"我问道。

"爱丽儿。"她急切的目光一直看向那些闪闪发光的瓶子，但我却轻易地看到旁边一个光芒已经变得很微弱的瓶子，上面写着"爱丽儿的世界"。

我把瓶子拿起来，深呼吸一口气，用学到的魔法口诀揭开了瓶盖。这个瓶子里面是一个花园，里面有一些孩子在荡秋千，而一个抱着小熊玩偶的小女孩，正慢慢地走向那些孩子。孩子们哄笑着抢走了她的小熊玩偶，小女孩开始哭泣，这时候一个看上去像小女孩爸爸的人走过来，抱起了她，小女孩破涕为笑。接着小女孩的爸爸带着她在花园里荡秋千，放风筝，他们在草地上支起了画架，一起画了很多画。

我把看到的情景讲给这个女人听，她听着听着就泪流满面。她说要把她的故事告诉我。

（三）

回忆总是陌生的

梦与梦之间

是一道纸做的墙

孤独像一束光

我们追逐快乐

快乐追逐着哀愁

在日与夜的交替处

有一双漆黑的眼睛

"我叫艾美莎，曾经是一个设计师，二十六岁那年，因为工作的缘故，认识了爱丽儿的爸爸，他是一个画家。我们一见钟情，很快就结婚建立了家庭，两年后，我生下了爱丽儿。我们一家快乐无比，爱丽儿也很聪明，两岁就会跟着她爸爸画画了。看着他们父女在一起玩耍的情景，我时常感到我是这个世界上最快乐的女人。"艾美莎沉浸在回忆当中，露出了一丝温柔的笑容。

"在爱丽儿三岁那年，她爸爸去世了，我沉浸在难以自拔的悲伤中，每天都酗酒，都是我，害了爱丽儿，爱丽儿就是在那时候渐渐变得沉默，一开始还会来找我要爸爸，后来，她慢慢地很少说话，等我察觉到我的坏情绪深深影响了她，我尝试过把她送到我父母家，但情况并没有得到改善。后来，我尝试了很多方法，可是都无法再打开她的心门。而且我来这里之前，她开始抗拒我，我不得不再次把她放在我父母家。"艾美莎说到这里，深深地自责起来，肩膀一抖一抖的，看得出来她是在努力克制自己的情绪。

"可怜天下父母心。"在她的故事感染下，我不禁脱口而出。忽然有一种强烈的感觉，我要回去看看我的父母过得怎样了！九年与世隔绝的生活，我已经心静如水，但艾美莎的故事，让我想起了我的父母因为我负债而终日忧愁的画面，我为了解脱自己的痛苦而离开，不知道把什么留给了身后的他们。

我也把我的故事讲给这个女人听，我告诉她，我曾经是一个成绩辉煌的梦想导师，我曾经鼓舞过很多大人物，让他们从人生和事业的低谷中走了出来。她听着听着，眼睛开始发亮，我似乎又看到了从前那些崇拜我的目光，不觉飘飘然起来。

"你能帮我叫醒爱丽儿吗？"艾美莎满怀希望地问道。

"爱丽儿的梦想世界是一个美丽的花园，如果构建起这样一个真正的花园，也许能带领她重新走到现实生活。爱丽儿的花园里还需要一个爸爸。也许是你丈夫的去世给她带来了极大的影响，她需要一个健康的家庭，慢慢唤醒封闭的内心。"我分析道。艾美莎赞同地点点头，我忽然看到她在注视着我。

我突然心头一热，说不清为什么，或者是刚刚在梦想瓶子里看到的小女孩天真而无助的模样打动了我，又或者还是艾美莎崇拜的目光让我头脑发热了。总之，一种许久没出现过的心情在慢慢滋生——是某种希望与期待——或者，我真的能为她们改变什么……但内心的声音在告诉我——不行，我还有一百天就可以获得实现梦想的魔法了，千万不能半途而废。

别人的愿望，怎么能够抵消我对自身梦想的追求呢？我顿时戒备地看着艾美莎，如果她知道我还有一百天就有实现任何梦想的能力，她说不定会逼迫我来为她的梦想买单。

万一她跪在我面前不肯走了呢？更万一，她发现我的秘密后，要偷走我实现魔法的盒子，那我将要满十年的努力岂不是白费了？休要怪我冤枉这个弱女子，要知道人为了实现自己的目的，常常会不择手段，这种阴暗的人性，曾经混迹商业圈子的我不可能不明白……

"你现在已经知道爱丽儿的梦想了，你赶快回到她身边吧。她的梦想瓶子正在失去光芒。"我开始打发她，转身把那个星星瓶子仔细放回原来的地方。

艾美莎听了，赶紧起来就往外走。

我看着她的身影消失在黑夜的海岸，感觉松了一口气。

半夜，魔法馆里铃声大作，原来是海上起了风暴。我不得不从舒服的被褥中醒来，把那些放得过高的梦想瓶子摆放到地面上。

一个黑色的瓶子摇摇晃晃，几乎要摔到地上，我赶紧过去扶起它。没想到一个趔趄，让我没站稳，瓶子掉到地上，裂开了一道口子。里面发出一阵音乐声，是令人心碎的安魂曲《black bird》，在这暴风雨的夜晚，显得这房子格外空旷。

往瓶子里看过去，我看到一位父亲在一个医院的保温箱前吹着口琴，保温箱里面是他刚出生几天的婴儿，生命一点点消逝的早产儿。在梦想馆里，黑色的瓶子代表着哀伤的梦。而这个瓶子上，画着一双粉红色的天使翅膀，那位父亲的梦想，是希望他仅相处了几天的孩子能够安息，化作天使。

令人心碎的画面让我想到那个女人憔悴的样子，她以柔弱的身躯，能够穿过时间之海漂流来这里实在是一种运气。但一般人要再次渡过这片海回到陆地，可不是一件容易的事情。海面上恶浪滔天，而且经常会有鲨鱼出没，所以我才要潜心修炼上任馆长交给我的各种魔法，以在海面行走自如。

此刻，我为何要担心她？我也弄不明白，因为她是我在这里遇到的第一个人类吧，也许她的眼睛很美丽，也许是受到刚刚窥见那个悲伤瓶子里的情景所感染，我不希望爱丽儿再失去她的妈妈。我起身，迎着飓风走到海边。果然，在海滩上，一个奄奄一息的身影像一团被风揉碎的布块一样，映入我的眼帘。

（四）

她凝视着我

风吹开了花朵

知更鸟唱起歌

一个白色的秋千

荡上了天空

我们的手指画下彩虹

一朵朵甜甜的棉花糖

就在梦里慢慢融化

春天来临的时候，我建造了一个最美丽的花园，花园里不可少的是一架白色的秋千，还有各种美丽的花朵纷纷绽放着，到处都是芳香的味道。

"你喜欢吗，爱丽儿？"我温柔地蹲在地上问道。眼前这个小女孩披着一头柔软的长发，戴着我精心编织的花朵桂冠，看起来就像一个漂亮而安静的小公主。对，很安静，她从来不跟我说一句话，甚至从没仔细端详过我。否则，她应该会发现我并不是她原来的爸爸。

可是她依然喜欢跟着我，有时候，更像是她在陪伴着我。三年前，我带着艾美莎从时间尽头重新回到了现实世界。我和艾美莎约定，等到爱丽儿的意识醒过来，我就会回到我的梦想魔法馆。我没有告诉她是为什么，因为只有我心里知道——我也在渴望着在原来的世界醒来。

在海边把艾美莎救回来之后，我也思考了很久，我用魔法与上任馆长对话，问他，我是否应该帮助这对母女。上任馆长正在周游世界。

"为什么不呢？你可以去帮她们实现这个梦想。"他随意地回答道。

"可是我还有一百天，就可以随意实现我的梦想了。

你不是告诉我，我不能提前离开这里吗？"我忧愁地问道，其实我也习惯了岛上的生活，这种没有人会干扰我的自由生活。和海豚和美人鱼对话，有时候比和人类相处更愉快得多。

"我一直没告诉你，在世界的尽头守护这些失落的梦想有何意义吗？可能当时我太急着走了。"上一任馆长忽然认真说道。

"你的确没有。"我回答道，心想，我当时也没想过去问。我只把这座岛当作了逃避现实的地方。管它什么意义呢。结果，一下子就过了这么多年。

"梦想魔法馆的存在，是提醒人们不要忘记了最初的愿望，那些一闪而过的光芒，可以让生活的希望永存。"馆长说完，忽然出现在我的面前。

"我回来了，未来的一段日子，我会代替你守在这里，而你，可以自由地选择去还是留。"他微笑而安静地说道。

我惊讶地看着他，又摸摸我的脸，我才发现我们原来长得一模一样。

回到了艾美莎的家，我用魔法把自己变成爱丽儿父亲的模样，又用了好长的时间，来建造爱丽儿的梦中花园。起初，只是一片无人认领的荒地，我一点点地开垦，把石头都清理干净，把花草和秋千请了进来，搭起了小桥，一道天然的泉水贯穿其中。现在，这里已经成为一个世界上独一无二的美丽花园——是的，跟爱丽儿装在星星瓶子里看到的梦想花园一样。

眼下，阳光明媚，照亮了花园里的每一个角落，几只粉红色的蝴蝶纷纷飞舞，我架起了画架，拿出了颜料和画笔，爱丽儿把画纸铺好，只有画画的时候，她眼睛里才有了一丝生气，仿佛打开了一扇窗户，里面透出世界上最美丽的光线。

爱丽儿的画常常是一道道线条，还有无数个像雨滴一样的点，却十分的和谐美丽。她喜欢用轻快明亮的颜色，不断画出这样只有线条和雨点的画。我静静地看着，不远也不近地陪伴着她。

我几乎从没如此耐心地陪伴过一个人。即使是我的父母，也没感觉到这种爱意吧。回到陆地上，我发现了一个令我伤心的事实，那就是我的父母在这期间已经去世。他们一直在寻找我，谁也没想到，我一个人躲在时间的尽头过了那么多年。

失去父母的哀伤渐渐被新的希望取代，我就像一个和女儿失散多年的父亲一样，用最温柔的心去欣赏爱丽儿的一切。我幻想着失落的亲情能够重新来一次。

爱丽儿虽然不曾多说话，但在我心中却是一个天才。看着她画中纯粹的世界，我也感觉到我的心在一点点打开。那里没有权利、地位、金钱和纷争，我离开了小岛，又在爱丽儿身上找到了另一处宁静的世界，她就是美丽的天使，是所有父亲心中最完美的女儿。

花园的风吹过来，带着熏熏的暖意。注视着爱丽儿的我也不觉有了一丝睡意。

（五）

世界上最珍爱我的人

在花园的尽头微笑

人们所以为的黑暗处

有一个灿烂的王国

当美丽闪烁的星辰

在午夜落入大海

人鱼恢复了歌唱

我叫爱丽儿，今年已经二十岁了。从八岁那年，我拥有了一个陌生的爸爸，其实我知道他不是原来的爸爸，但他目光里的温暖和原来的爸爸一样。

陌生的爸爸和我说了很多故事，他说他曾经的工作是在时间的尽头，守护这个世界所有遗失的梦想。他说他曾经拥有很多魔法，可以在海浪上行走，可以和美人鱼与海豚对话，把炎热夏天看到的所有东西都变成冰激凌。

但他从来没有向我展示过他的魔法。唯一一次，是他建造了一个美丽的花园。在里面我可以自由自在地画画，直到我看到他的样子变成了我原来的爸爸。那一年在我身上发生了人们所认为的奇迹，一个自闭儿走出了她的世界。

其实，那不是奇迹，只有我知道，在我的秘密王国里，还有很多美丽的星星，虽然我们不曾相遇，却知道彼此的语言。有时候我们也会在深夜里呐喊，却无法发出声音。人们并不了解我们的痛苦，自然也不会知道我们的快乐所为何事。

有一天，我无意中翻开家中的旧物，却发现了爸爸和妈妈的秘密。上面写着史丹利——陌生爸爸的名字，他曾经是一个名人，创造了许多商业奇迹，后来却在一个叫布里奇的小岛上待过许多年，那个小岛上只有一个建筑。我查了资料，结果证明，只有精神受伤的人才会住在那里。妈妈和我的魔法爸爸究竟是怎样相遇的？她曾是一次飞机失事的幸存者，也许是海浪把她带到了小岛。除此之外，还有其他可能吗？

我那充满魅力的魔法爸爸，在人们的记载中，他过去居然是一个精神病人。而我的妈妈，病历上写着她曾是一个抑郁症的患者。我竟然毫不惊讶——我们都曾经是被世界遗忘的人，这个世界又将我们重新治愈，冥冥中一切皆有心愿达成，而重新拥有他们的我是如此幸运。

那个在地图上只有一个微不足道的小点的地方，被茫茫大海包围着，没有终点。我忽然相信，那里是真的有美人鱼出没，也有被人们遗忘的许多梦想。

我长大后就离开家开始旅行，世界很广阔，却再没见过这样的花园，当我想念妈妈和魔法爸爸的时候，就会想起，我的花园。当知更鸟落在白秋千上，魔法爸爸总站在我身后。

他推的秋千荡得很高很高，似乎会飞到天空的尽头，那里，湛蓝如海。

后记 深圳的模样

"布宜诺斯艾利斯是我从未到过的另一条街 / 是街区和最深的庭院的隐秘中心 / 是门脸掩盖的东西。是我的敌人（假如我有敌人的话）/ 是不喜欢我的诗歌的人（我自己也不喜欢）/ 是我们可能进去过但已经忘记的小书店。/ 是为我们演奏而我们不熟悉的米隆加舞曲。/ 是已经消失和将要出现的东西。/ 是后来的、陌生的、次要的、不是你的也不是我的城区 / 是我们不了解而又喜爱的东西。"（博尔赫斯《布宜诺斯艾利斯是什么》（节选））

当我读到博尔赫斯的《布宜诺斯艾利斯是什么》，我心里想的是，深圳是什么模样？

深圳是我童年的一部分，也是我青年、中年生活的主要城市。

我是 2004 年的 9 月开始在这座城市上大学（深圳大学），然后在此毕业、工作、建立家庭。当我从 2024 年回望 2004 年，20 年的时间已经过去。在这里我走过很多路，在无人的街头，在拥挤的海滩，在梧桐的云顶，在年轻城市的古老的寺庙，在宝安的一个咖啡馆，在下雨天。在这里，我认识了许多重要的人。也因此，这个城市存储的记忆，有了许多种索引的方式。或者是某段故事，或者是某个人，而诗歌也是其中一种。"我们会彼此询问是否在某时某日，在一个消失于原野的城市里，我们曾经是博尔赫斯和戴莉亚。"（博尔赫斯《写给戴莉亚·艾莱娜·圣·马尔可》（节选））

眼下，一个熟悉的城市在我眼前发生变化。有些在这个城市曾经认识的人，我们后来却再没有见过面，有些景物已经消失。

但也许，当我写下这些句子，生命中的瞬间仍然存在，有人会读到它们而前来找我。而有些走散的人，我们可能正在再会的路途之中。那时候，我们会谈论起深圳。

本书也收录了这些年写的其他诗歌与一些故事，并收录了《故乡》这篇较长的自述散文，作为一种个人经历和情感的补充。感谢诗人、艺术家李松樟老师，深圳大学的师长吴予敏教授、南开大学的赵雨清教授以及好友贺影为我写下宝贵的推荐语。如果诗歌是一种线索，那么我希望更多的美好相遇，在深圳继续发生。